宋小勇——著

汽笛无疆

中国铁道出版社有限公司
CHINA RAILWAY PUBLISHING HOUSE CO., LTD.

北　京

图书在版编目（CIP）数据

汽笛无疆 / 宋小勇著 . -- 北京：中国铁道出版社
有限公司，2025. 2. -- ISBN 978-7-113-32030-0

Ⅰ. I227

中国国家版本馆 CIP 数据核字第 20256PT328 号

书　　名：**汽笛无疆**
　　　　　QIDI WUJIANG

著　　者：宋小勇

责任编辑：王伟彤　　　　　　　编辑部电话：（010）51873345
封面设计：郭瑾萱
责任校对：苗　丹
责任印制：赵星辰

出版发行：中国铁道出版社有限公司（100054，北京市西城区右安门西街 8 号）
网　　址：https://www.tdpress.com
印　　刷：北京联兴盛业印刷股份有限公司
版　　次：2025 年 2 月第 1 版　　2025 年 2 月第 1 次印刷
开　　本：880 mm × 1 230 mm　1/32　印张：7.25　字数：155 千
书　　号：ISBN 978-7-113-32030-0
定　　价：58.00 元

闪耀在钢轨上的诗行

在文学的浩瀚星空中，总有一些诗人以其独特的视角和深沉的情感，描绘出一幅幅生动而真实的时代画卷。宋小勇，这位来自中国铁路的诗人，就是这样一位用心灵与笔墨在铁轨间书写诗歌的人。他的诗歌，如同疾驰的列车，穿越岁月的隧道，将我们带往那些被汗水擦亮的日子，从他的一首首诗歌中，你会感受到属于铁路人的那份坚韧与情怀。

"让闪光的青春，在闪光的钢轨上，闪光！"宋小勇诗如其人，是一个有光的人。你无须和他见面，只要打个电话，就能被他的热情感染；啥时候翻看他的微信朋友圈，你都会被他的真诚所打动，你会感到浑身暖洋洋的，仿佛被一片阳光照耀着。

前几天，他突然打电话给我，请我为他即将出版的诗集《汽笛无疆》作序，我欣然应允。我对宋小勇一直是心怀期待的，当得知他近年发表的作品足以结集出版时，就曾多次催促他，期待早日见到他的诗集出版。

　　此刻，初冬暖暖的阳光斜照在我的书房里，我翻阅他送来的厚厚的一沓诗稿，渐渐地，被一行行诗句深深打动。宋小勇的诗，给我印象最为深刻的，是他对铁路的深刻表达。譬如在《被汗水擦亮的日子》中，他以一双双满是老茧的手、一声声汽笛的抒发、一片片风帆讲述的故事，为我们勾勒出一幅幅铁路人辛勤劳动的画面。这些诗句，不仅是对铁路工人日常生活的真实写照，更是对他们默默奉献、无怨无悔精神的真情讴歌。在宋小勇的笔下，铁路不再仅仅是冰冷的铁轨和列车，而是承载着无数汗水与梦想的生命线，是连接过去与未来、现实与梦想的桥梁。

　　宋小勇的诗歌以其独特的艺术魅力，展现了铁路人丰富的内心世界。在《只为擦亮铁骑的马蹄》中，他以细腻的笔触，刻画了铁路工人在艰苦环境下坚守岗位、默默耕耘的感人形象。他的诗句，如同山间清澈的溪流，洗涤着人们的心灵，让我们感受到那份来自心底的纯净与坚韧。同时，宋小勇还巧妙地运用了比喻、拟人等修辞手法，将铁轨、列车、汗水等意象赋予了生命与情感，使得诗歌充满了浓郁的诗意与人文关怀。

　　宋小勇的诗歌以其真挚的情感和深刻的哲理，引发了我的共鸣与思考。他以"被汗水擦亮的日子"为线索，串联起铁路工人的生活片段与情感历程，让我们在感受他们艰辛与不易的同时，也思考着人生的价值与意义。这些诗句，如同一盏盏明灯，照亮了人们前行的内心世界，也让我们更加珍惜当下的美好生活。

　　时间是衡量一个人的标准。我与宋小勇三十多年的交往，一幕幕如画卷般徐徐展开，我们有真诚打底，许多陈年旧事依然鲜活如昨，历历在目。记得第一次见到他的名字，是在 1993 年秋天。当时，我在原洛阳铁路分局文联工作，编辑一本文学刊物《绿野》。他的一首小诗引起了我的关注："我们是飞天雄鹰／从高压支柱上起飞／为了滚滚铁龙纵横驰骋／历经酷暑寒冬／在风雨里搏击苍穹"——这首《网工的豪情》不长，短短几句，虽然稚嫩，带有明显的"学生腔"，诗中却充满豪情。发表时，我特意给这首小诗加了一个花边框。我通过绿色方格稿纸上的通联信息，知道他是一个接触网工，在陇海东线一个偏僻艰苦的小站工区。他的字写得工工整整，"字如其人"，我断定他应该是一个工作认真、办事靠谱的人。之后的深度交往，也证明了我的判断。

　　我与他的第一次见面，是在 1995 年夏天。当时分局文联组织了一次座谈会，他应邀参加。他长得又瘦又高，穿着一条藏青色路服裤子，一件白 T 恤衫，腰间扎着一条铁路劳保皮带，说着一口方言味儿很浓的"洛宁话"，看上去非常朴素，像一根来自繁忙铁道线上的枕木——这是我对他的第一印象。座谈会后，他创作了《我们呼唤，安全之春》《看山工》《老司机素描》等反映铁路生活的诗歌，渐渐有了诗的味道，并时常有诗歌在《中原铁道报》《洛铁工人》《职工通讯》等报刊发表。从此，我开始关注这个写诗的接触网工，并经常给予鼓励，常对他说"工作之余，多读书、多写作，创作一定要勤奋"之类的话。

以后的日子里，我们在一起参加培训、采风的机会渐渐多了起来。2018 年 6 月，他拿着出版的诗集《放牧青春》，作为郑州局作家协会重点培养对象，我们一起去北京参加全路文学骨干培训班。来去 6 天，在高铁上、铁道党校的校园里，长时间的交流，让我对他的童年、经历、工作、创作有了一个全面的了解。其间，培训班组织了一个晚会，在我鼓励下，他即兴朗诵了自己创作的《盛开在除夕夜的泪花》，赢得一片掌声。坐在台下，我被他真情流露的泪花、字里行间的火花，深深感动着。

同样令人难忘的是 2021 年 9 月路局组织的采风活动。当时，中原铁道刚刚经历了"7·20"特大暴雨，广大干部职工正在战天斗地，全面恢复线路设施。为了铭记撼人心魄的抢险历程，记录可歌可泣的动人故事，局集团公司文联抽调宋小勇、高辉军、刘笃仁、潘红亮等作家协会骨干会员组成小分队，深入陇海线、京广线、太焦线站区进行采访创作，由我带队。在东陇海扎满防洪桩的路基上，面对满身泥泞的职工，宋小勇在热泪盈眶中迸发出了灵感："上午，风还有些惊魂未定 / 我站在陇海线 K642/ 不知道该迈左脚，还是右脚 / 生怕一不小心 / 踩疼了道床和石砟……穿黄马甲的人 / 个个姓铁……来来回回，走瘦了日月。"他立在风中，诗句随口而出，我不由心头一震，露出了欣慰的笑容——宋小勇的诗越来越成熟，越来越劲道，有嚼劲了。

　　星霜荏苒，居诸不息。三十多年来，从陇海线、焦柳线、宁西线到徐兰高铁、郑太客专、济郑高铁，从接触网工、党总支书记到车间主任、工会副主席，宋小勇一直在铁路上跋涉，默默耕耘。或许正是得益于这块沃土的滋养，他近年来的创作越发体现出钢轨般的激昂和厚重。"复兴号，一闪而过 / 像电追着光 / 照亮了峰峦上的鹰翅 / 池塘溅起蛙鸣 / 躬耕阡陌的谚语 / 纷纷抬头仰望 / 高铁，一路掀开了锦绣"，在他笔下，铁路的豪情和壮美独具匠心，构筑在山川大地与民族文化之上，整个画面极具层次感和纵深感，让人身临其境，给读者一浪接一浪的冲击力。"每一条大街小河 / 都迫不及待开始雀跃 / 头顶的钢轨先张开了翅膀 / 从层林尽染到海天一色 / 用风的手指翻遍金秋的画册 / 只须日出，无须日落 / 祖国的美在瞬间足够辽阔"，他的诗，笔力雄健，元气丰沛，自信豪迈，从气度、格局到襟怀、神韵，都洋溢着新时代特有的奋发进取、蓬勃向上的高铁精神，且愈加艺术化、风格化。

　　"我热爱春天、明月、湖水，也赞颂怒海、危崖、莽林；我厌烦飞扬跋扈的时尚、苟延残喘的呼吸、无病呻吟的惆怅、琐碎无聊的告白，渴望酣畅淋漓的歌唱、荡气回肠的抒情、充满张力的现代、回味无穷的朦胧。"在第一本诗集《放牧青春》的后记里，宋小勇明确表达了自己的创作观。多年过去，他一直行走在自己的道路上，始终在阳光下阔步前行，书写的诗行光彩照人，葆有旺盛的生命力。即将出版的《汽笛无疆》，每一首诗都响彻着汽笛的声音，集中展现了火热的铁路生活，无论描绘高铁的月光、雪后的小站，还是礼赞集中修的汗珠，讴歌钢轨上的号子，长词短句都贯注着他的精气神，充盈着满满的正能量。

宋小勇的诗歌以其独特的艺术魅力、深刻的情感表达与鲜明的时代特色，为我们呈现了一个充满生机与活力的铁路世界。他的诗歌不仅是对铁路生活的真实写照，更是对铁路人精神的颂歌与礼赞。在笛声里耕耘，在钢轨上闪光，在诗意里栖居。车轮铿锵，汽笛无疆，诗意充盈，他用激情照亮了火车的远方，钢轨上的光芒镀亮了他的精神原乡，也给他的诗插上了飞翔的翅膀。未来的日子里，真诚祝愿宋小勇的诗飞得更高更远，为读者带来更多感人至深的诗歌佳作。

赵克红

2024 年 11 月 22 日于洛阳

（赵克红，中国作协全委会委员、河南省作协副主席，中国铁路作协原副主席、洛阳市作协原主席。）

目 录

i

第一辑

钢轨的光芒

那一抹黄，是长在身上的阳光

堆满霜雪的双肩

被风雨搓洗的前胸后背

戴着八千里路云和月的头顶

总有一抹耀眼的黄

小黄帽、黄马甲、黄雨衣

这些战地黄花

是长在铁路人身上的阳光

在区间、在站场

在没有星星的夜晚

和漆黑的隧道

那一抹黄，总是长在

线路工、信号工、接触网工……

这些起早贪黑的身上

让我们劳动的身影

有了耀眼的光芒

照亮温暖绵延千里的铁路

春风吹响集中修的号角
和油菜花擦肩而过
蜜蜂和蝴蝶也会飞过来
把我们当成花朵闻一会儿
夏日巡视，偶尔碰见向日葵
都怀揣着沉甸甸的使命
金黄与金黄相遇
彼此问好也低着头
中秋，边坡路堑上的野菊花
露出金灿灿的笑容
与路基上的我们互致问候
秋风，经常叫错我们的名字
大雪过后，蜡梅凌寒怒放
我们踏雪而行，光芒
在大地上交相辉映

每次，暴风雨袭来
总有那一抹抹耀眼的黄
迎着泥泞雷电，奋不顾身
为飞驰的车轮筑起铁壁铜墙

春夏秋冬，铁路人的额头
都热气腾腾，藏着泉眼
取一滴正在滚动的汗珠
去检验那抹黄的基因
与阳光有着同样的信仰

工具包装满了夜色（外一首）

太行山的夜空

被月光洗得格外干净

最后一趟高铁穿过峰峦叠嶂

留下了繁星和蝉声

走在郑太客专的线路上

几盏头灯，在身边一闪一闪

那是落在凡间的星光

肩上的工具包

喘着粗气，流着汗

和我形影不离

工具包，土里土气

沉默而又温顺

印在帆布上的路徽

红色斑驳，讲述它的血脉

缝在上面的夜光条

与我后肩上的一模一样

被光一照就眨眼睛
像手拉着手的双胞胎
趴在我的背上

左肩有对讲机
工具包习惯在我的右肩
行走江湖，紧贴着我的肝胆
深知我的脾气秉性
里面装满了铁的故事
铜的传奇，金属的推心置腹
环佩叮当，经常敲击我的肋骨

在一组道岔前
我们开始围炉夜话
为一台转辙机把脉问诊
工具包在道床上席地而坐
小铁锤、螺帽、油壶、螺丝刀
从包里进进出出，紧张有序
月光也跟着挤进包里
与犯困的钳口窃窃私语

在返回工区的汽车上
装满夜色的工具包
腰酸背疼，连着打哈欠
搂着铁锹的呼吸
沾满黄泥的梦呓
不一会儿，就在我的怀里
鼾声如雷，多像一个
玩累了，弄了一身泥巴的孩子

把冬夜咬疼

隆冬，凌晨三点
在太行山深处，高架桥上
骨头被冻得铮铮作响的
一定是高铁人

弯月如钩，吊在头顶
被峭壁上的百丈冰
磨得明晃晃的
越来越锋利

让崖柏都心生寒意

夜深一寸，风的冰刀
就锋利了三分
离我的骨髓近了一寸
前心和后背一样
都在结冰

吱吱嘎嘎，锉刀般的摩擦
牙关不时响起雷声
每一个冷颤
都伴随体内的闪电
不咬牙，腮帮子不是自己的
所以，我们必须不停咬牙
直到把寒夜咬疼
让冰和冷，从体内退却

此刻，大山里的欢腾
早在洞穴冬眠
冰挂也抱着悬崖沉睡

我们在最冷的夜

一次次，用咬牙切齿

激活最热的血

替寒夜扛下了所有

我们站过的地方，冰在发烫

远处，峭壁上的冰瀑

在列车的灯光里

仍然保持飞流直下的姿态

在凛冽中壮怀激烈

高铁桥下，冰挂列阵

给一排杨树穿上了铠甲

一场暴风雪

将我们一把扯进严冬

此时，夜被冻僵

风在黄马甲的肩上

砌了一道雪墙

最后一趟列车远去

我们勒紧风的缰绳

聆听风雪的心跳

绝缘靴很有血性

用深深的脚印擂响战鼓

在皑皑之上狂草泼墨
一幅战天斗地图
酣畅淋漓

一群接触网工在搬运车梯
像抬着一辆战车
整齐的劳动号子挥舞着热浪
钢筋铁骨的线路上
顿时热气腾腾

用对讲机发布命令
必须用热气把雪推开
在道床上每前进一步
风都在耳边吹响冲锋的号角
从牛皮套里抽出大扳子
竟有壮士拔剑的豪情

一道道光柱掀开雪帘
头灯下，晶莹的雪花飞舞
轻轻落在眉毛上

在通红的脸庞
印下最美的徽章

千里钢轨作证
漫天风雪不会忘记
我们站过的地方
冰在发烫

身上，挤满耀眼的光芒

不再用狂风，也不再用雷鸣
从这个冬天开始
太行山用复兴号的笛声
仰天长啸

今夜，鹅毛
在天空擦出了风暴
苍鹰在松柏上收敛翅膀
传说中呼风唤雨的诸神，集体退隐
刚从高铁上回家的亲人
已在大山的怀抱熟睡，打着鼾声
此时，只有黄马甲
在太焦线上傲雪怒放
我们头上、肩上、眉毛上
落满了雪，挤满耀眼的光芒
黄马甲下，炉膛的炭火烧得正旺
比悬崖下柿子树上的小灯笼还红

夜，深入一寸

凛冽的刀锋就锋利三分

我一伸出手

就能抓住暴风雪的箭羽

身边，冰瀑飞流直下

没有琴声，凝固的白色火焰

和我的头灯交相辉映

凌晨三点，每一个头灯

都是嘹亮的冲锋号

口中吐出的白气热浪滚滚

掀开一道道雪帘，豪情万丈

相隔两米的背影

被洋洋洒洒的雪雕塑得愈加模糊

越来越峥嵘

脚步踩出的誓言

清脆有痕，比铿锵更显庄严

让风雪来雕塑

深夜，与皑皑群山

一起聆听风雪心跳的

还有我们

一群穿黄马甲的铁路人

西北风，被满树冰挂

磨得越来越锋利

遇见大雪，呼啸几下

就把踩出第一行脚印的人

雕塑成了旗帜

风扑过来

挖了一个雪窖

如果没有头灯的光

夜幕连一点缝隙都没有

鹅毛把天压到了树梢

桥墩把高铁举到了天上

在钢轨上竖起车梯
接触网工展开了鹰翅
凌空的步伐
激励着每一片雪花
飞翔的背影
在风雪中挺拔

一台对讲机、两面信号旗
还有五十岁的年轮
远离作业组的防护员
就是铁道线的灯塔
雪，围着他飞舞
在棉安全帽上起伏
在肩上堆砌
在眉毛上轻挂
在工作服的褶皱里勾勒
在纽扣边缘点缀
他一动不动，静如山神

让风雪来雕塑

模糊的美千变万化

栩栩如生的部分

在坚守中伟大

大山里的澎湃岁月

这座山，是太行山
站在道床上
你肩上的担子
一点儿也不比这座大山轻

门前的河，叫白水河
总有碧波，在山谷里欢快荡漾
滴水成冰的季节
浪花还保持着奔腾的姿势
多像你巡道的脚步
在一条路上激情澎湃

从线路工到工长
你长在大山，快三十年了
工区对面悬崖的老松
一看见你就打招呼
你们的初一十五
都有山风和星星陪着

山风和星星经常谈论你的话题
说你的胸怀越来越宽广
是的，因为你的胸中
矗立着这巍巍的群山
那是肩膀担负的重量
通途，是你一步步走来的
笛声，是你用汗水擦亮的

年轻人，来了走了
一茬茬，就像你种的庄稼
施肥、松土、除草、打药
青工到了这块沃土
都长得绿油油的
每有硕果飘香
对面的山顶就有霞光环绕
门前的白水河就会泉水叮咚

小站下了一夜雪

下了一夜雪

小站一觉醒来

脱掉了煤灰飞扬的衣袂

摘掉了枯枝败叶打造的首饰

把它们统统留在了梦的边上

雪抚平了小站所有的皱褶

小站上身银装

下身素裹

两根钢轨最早醒来

系在小站腰间

信号机旁，三个小黄帽

聚精会神，擦着道岔

小站的迎春花提前开了

我们的月光

披星戴月的高铁人
手指上都有一层月光的包浆
习惯对着夜空说
"我们的月光"

从月牙到月轮
从皓月当空到月落天边
我们在道床上、接触网上
数着每一片月光
像抚摸着亲人的手
月光的温度、厚度、亮度
隔着厚厚的帆布手套
只要在钢轨上摸一下
就一清二楚

蘸着薄薄的润滑油
把月光拧进螺丝帽

一圈又一圈，月光从不喊疼
用尖嘴钳从钢铁的缝隙里
夹出一片月光
就像夹自己的骨肉
必须小心翼翼
拴在安全带上的月光
使劲往磨毛的安全绳里钻
打探我们的心事

数月光的时候
月光也在数着我们
从豫东平原到太行山峦
月光认识每一个
检修高铁的人
熟悉我们的脾气秉性
我们走进隧道的时候
她就跑到隧道口
悄悄等着我们

皓月当空，梦在开花发芽

我们的背影追着脚步

行走在大地的鼾声里

有很多故事都藏在

我们的月光里

春天，被高铁拉回了太行山

让峭壁上抗日烽火的弹洞说

高铁笛鸣，唱高了世界东方

让月山寺、慈云阁的暮鼓晨钟说

G692、D2258、G3313……

是眼前最美的经卷

让浪迹天涯的方言说

复兴号，把故乡从梦里驮到了眼前

让掠过峰峦的鹰翅说

春天，被高铁拉回了太行山

站在春天的门槛

一个个被高铁串起来的山村

像冰糖葫芦一样

无论哪一颗，都裹满了蜜

"金凤凰"衔着王莽岭的传说

掀起了春风的盖头

"蓝海豚"怀揣牛郎河的心愿

拉开了春雨的秀帘

传说和心愿一次次翻山越岭

把荡漾的心事、窗前的月光

一车车运回了大山

还是拐杖敲着鼓点来

还是对联一起撑着红帆来

从望眼欲穿到归心似箭的距离

照样留给村口去丈量

高铁，带来的惊喜

冒着火星子，一不小心

点燃了藏在皱纹里的春雷

笑声，震落了屋檐的冰凌

火车，驮回春天的骏马

梅花拉开雪帘

昨晚刚绣上你的铁鞍，腊月

还未从棉袍中抽出立春的鞭子

你就昂首奋蹄

跃过春天的栅栏

驮着归心似箭和望眼欲穿

驮着一江祝愿和满山坡花朵

驮着燕子沉甸甸的心事

驮着柳絮珍藏千年的经卷

顶风冒雪，浩浩荡荡

把千里春风和万亩春雨

一车车，从远方拉回故乡

兰州、郑州、广州、温州

新乡东、西安北、渑池南

多像一杆杆迎风招展的旌旗

插在春天的一个个路口

扯着信天游和黄梅戏，为你壮行
高举星光和寒霜，为你指路

你的嘶鸣
点燃了春雷的引信
你的蹄声
震落了屋檐的冰凌
你昼夜兼程，踏碎寒冰
飞溅一路春水，所到之处
乡愁春暖花开
阡陌载歌，街巷载舞
城市和村庄一样热泪长流

为了感谢你，火车
这匹驮回春天的骏马
南腔和北调别出心裁
手拉手，把一副副春联
接在一起
给你做了一条最温暖的缰绳

火车就要拉回春天

杏花开了，听不见牧笛
蝴蝶醒了，摸不着琅琅的书声

晨昏交替，铁流不息
有人的座位怀抱春风
空着的座位
其实都坐着春雷
车轮滚滚，送走了漫天风雪
火车轰鸣
携束春色无边

车轮与钢轨幸福地擦出火花
像黑夜里的火柴，一闪一闪
一排排明亮的白房子绿房子
南来北往，温暖大地
车厢里起伏的鼾声比谁都清楚
火车就要拉回春天

被汗水擦亮的日子

你熬得通红的眼睛

比谁都清楚

是哪颗露珠擦亮了黎明

你布满老茧的手掌

随便摸一下钢轨

就知道是哪一个车轮

擦亮了远方

宽阔的肩膀，豪放的风

湿透晨昏的雨

一个比一个熟悉你的前世今生

无论飞翔在云端

还是奔跑在泥土里

你都是被汗水擦亮的日子

端坐鲜花簇拥的五月

一截被汗水擦得越来越亮的光阴

插到哪里，照耀到哪里
哪里的土地就会发烫
哪里的河流就会盛开幸福的漩涡

每一天，歌谣和谚语
一遍遍把你镀得通体金黄
就是用闪电的手指抚摸你的每一寸年轮
也没有一丝锈迹

汗把道岔洗了一遍

进入中伏，走在道床上
每一步，脚都在冒火
蝉在杨树上喊破了嗓子
也没叫来一阵风
蜻蜓的翅膀驮着积雨云
我们中了潮热的埋伏
随便用手拧一把
就能拧出几滴水

在东岔区，蹲着
把螺丝紧到第二遍时
浑身的汗开始决堤
既然两个袖子堵不住决口
那就尽情地流吧
酣畅淋漓一回
把道岔洗一遍

作为一名信号工
道岔，是我的至亲
和他厮守了半辈子
向来知冷知热

汗，越滴越急
敲打着滑床板、连接杆
溅起涟漪
被汗水洗过的道岔
浑身筋骨舒畅

汗水开花的声音

铁与石，钢与铁

在粗糙的手中敲击、碰撞、挤压

敲醒了小站的晨晖

碰落了大山的夕阳

撞得西风和北风在冰凌上脱缰

挤得花前和月下

上气不接下气，脚步凌乱

山沟里的养路工

清明不点瓜，谷雨不种豆

把立春焊在钢轨上

把冬至种在道砟里

在钢铁的原野上默默耕耘

用铁镐、撬杠和络腮胡

揉搓着四季

只为擦亮铁骑的马蹄

看铁骑滚滚而来，疾驰而去
马蹄声声，清脆悦耳
那是汗水开花的声音

一滴汗水的重量

雨，没有浇灭大地的烈火
一列火车呼啸而过
未带走一丝火焰
可以问问钢轨
一滴汗水有多重

如果把铁路人的汗水想象成种子
发芽的过程可以省略
如果用黄马甲、小黄帽替代花朵
可以去车站、隧道、桥梁看一看
汗水长成了
一路绿灯

信号灯的眼睛，闪烁感恩
看见一群汗水沿着钢轨奔跑
推着火车奔跑
翻滚戎铁道线上的浪花

汗水顺着铁镐落下，无比饱满
钢轨的锈迹应声震落
汗水从秀发上落下
把道砟——拍醒
滴滴深情

一滴汗水的重量
每一件黄马甲都清楚
汗水本来就是它下的雨

雨天，阳光在钢轨上赶路

午后，我们顶着乌云
推开雨的栅栏，巡视绵延的铁

一顶黄色安全帽，一面小黄旗
一件黄马甲都是一小片阳光
我们整齐地走在一起
就是一队雄赳赳赶路的阳光
我们站在桥上
就是一道夺目的彩虹

我们走过，明亮由近及远
轨枕、道砟、钢轨湿漉漉的心事
慢慢变暖，抖落雷声和闪电
道床最先把均匀的呼吸紧贴大地
信号灯擦干每一根睫毛
努力把眼里的花开得香飘千里
接触网支柱扎根泥泞

依旧军姿挺立
面对踏雨飞奔的铁马
齐刷刷举起致敬的手臂

隧道，蹲在不远处
等着我们
我们，是它一生的阳光

与每一场倾盆大雨对弈

在电闪雷鸣被蝉声

穿成串儿的季节

千里铁道总是旌旗猎猎

调度所、运转室、值守点

一天到晚勒着缰绳

线路工、接触网工、信号工

和抗洪料、抢修列一起枕戈待旦

就连变电所的巾帼英雄

也是一身戎装

为了一路笛鸣，我们

怀揣铁的秘籍

与每一场倾盆大雨对弈

乌云压低峰峦的时候

我们已站到了山顶

紧盯每道闪电的一举一动

黄马甲、小黄帽在苍翠之上

点亮了翻滚的黑浪

山腰奔驰的列车
只要抬头看见我们
内心就充满了阳光
不会有一丝恐惧

百年不遇，暴雨如注
也会带着泥石流杀气腾腾
在铁道线上摆开战场
以雨为令，这是钢轨立下的军规
沙袋一马当先，在肩膀上飞奔
筑起了坚固城墙
一根根防洪桩迅速安营扎寨
汗水在额头、脊背、胸膛
前赴后继，向猛烈的雨点
发起全线进攻
头灯、车灯、探照灯一鼓作气
把闪电杀得一溃千里
坚守在泥浆里的号子
更壮军威，被风吹到天空
把战鼓敲得酣畅淋漓

对弈，每一场倾盆大雨

从泥泞深处凯旋

我们，穿过滂沱的青春

都会长出一圈年轮

这被雷雨淬炼的光环

湿漉漉的，一圈套着一圈

镀亮了远方

让风笛更加嘹亮

月光里的突击队旗

蟋蟀，在池塘溅起了蛙鸣
麦浪在风的怀抱汹涌
这都是序曲

施工命令准时下达
红马甲、小黄帽、绝缘鞋
纷纷披挂上阵，战斗正式打响
捣固机、切割机、打磨机
轮番冲锋，吵醒了最遥远的星星
信号灯、探照灯、作业车灯
争先恐后，火力全开
把京广高铁变成了沸腾的银河

突击队旗插在接触网支柱上
迎风招展，点亮夜色
飘荡的火，以风帆的姿态
站在月光里打捞
你一下子就听到了

钢轨嘹亮的声音，滚烫
是每一块道砟的手掌

镰刀、锤头和忙碌的头灯
偶尔对视，光芒不是那么耀眼
但每闪一下，都像光的一段名言
道钉彻夜无眠
翻来覆去的感动，来自——
一根枕木在凌晨拔节信仰

用月光擦洗小站

最后一列火车
卸下满天繁星
拉走了一盏盏绿灯
此刻，我和小站
安静地坐在夜的田埂上

明天，我要离开相濡以沫的小站
到另一段钢轨上开花结果
今夜，我要用月光把小站擦洗干净
十五的月亮十六圆
没想到十八的月光也这么慷慨

东岔区、西岔区、信号机
都触手可及
钢柱、灯塔
都善解人意
无数次被绝缘鞋踩疼的道砟
让我洗得光彩照人

我只擦了一遍

那两排灰头土脸的混凝土支柱

就变得神采奕奕

最后，我把钢轨抱在怀里

擦着洗着，今夜无眠

小站在我怀里睡着了

在高铁和月亮对话

历经暴风雨的洗礼

每一片树叶都心怀感恩

在秋风中翩翩起舞

吟唱漫天颂词

高铁从岁月深处驰来

穿过白露的站台

一路铿锵，向着中秋飞奔

高铁人，习惯披着星光赶路

在夜色里耕耘

万籁俱寂，大地沉睡的时候

我经常邀请头灯、汗珠、对讲机

这些形影不离的知心朋友

和月亮对话

临近中秋

月亮上济济一堂，满是慈祥

站满了我的亲人

这时候，乡愁拥挤着从皱纹里出发

一滴秋雨就能敲碎天崖

我不敢抬头，害怕睫毛挂上泪花

俯下身子，背对月光

用扳手把思念牢牢拧紧

又开始了和月亮的对话

号子声一浪高过一浪

凌晨的徐兰高铁热气腾腾

我用汗水擦亮钢轨

月光照亮我的前方

手足和轨道相抵的瞬间

我们血脉相通

轻一锤，重两锤

我在道床上敲出了一串串密码

每一声清脆，月亮都心领神会

把我越拉越长的背影

镌刻在铁道线上

集中修的汉子

正午的阳光忙得够呛

不停抽着柳絮

使劲把麦苗往上拔

春风也一刻没闲

到处跑着吹开花朵

油菜花、桃花

还有贴着路面的黄黄苗花

都争着喊叫亲人

倾诉憋了一年的心事

列车由南向北或由北向南

一样如雷滚过

阳光、春风、花朵、列车

都忽略了一群铁的汉子

他们在铁路防护网外

背靠杨树，坐在地上

铁一样的脸，铁一样的手
连油漆开在他们工作服上的花
都是铁一样的颜色，远看
每一个汉子都是一根弯曲的铁

铁的汉子
刚经历一场集中修的战斗
他们用集合铃吵醒黎明
用一根根撬杠、抬杠
把太阳从树梢赶到头顶
用整齐的号子
把一根根倔强的水泥枕
训练得规规矩矩
叫立正就立正，喊稍息就稍息
用清筛机、捣固机、起道机
把两公里铁路线
按摩得筋骨舒展血脉通畅

再过一个小时
对讲机还要下达战斗命令
此刻，他们正用此起彼伏的鼾声
把自己这根铁
幸福地钉进春天里

老司机素描

不用油画的深厚
不用水彩的通透
勾画你，一个老火车司机
素描已经足够

把一座座山脉拉近又拉远
把一条条江河拉直又拉弯
两根没有尽头的钢轨
是远方的鱼竿
不知不觉
钓走了一条又一条
你眼中的鱼
留下了清晰的鱼尾
深深刻在湖边

拉了一车太阳
送了一车月亮

终于照亮了自己的形象

几缕银发

迎着山风飞舞

你手握闸把

又一次担任交响乐团的指挥

汽笛和车轮

配合默契

乐曲雄壮激昂

振奋山岳

《离别曲》和《团圆颂》

是你最杰出的代表作

一生呼啸

叫醒了三千座隧道

一路铿锵

激活了十万亩原野

和汽笛打了一辈子交道

你的嗓音并不嘹亮

长满胡子的嘴

宛若两扇紧闭的门

即便荣誉金灿灿响当当
一次又一次叩响了门环
大地、江河、钢轨和星辰
都只能听见"嘿嘿"

一块奔跑的铁

——致内燃机钳工技师李向前

向前！不仅是你的名字

更是你每天的姿势

一米六五，一百一十斤，四十五岁

不算魁梧的胸前

被奖章挤得星光灿烂

还是吸引了许多仰视的目光

一顶红色安全帽，一身深蓝色工装

无论蹲身侧头，还是屈膝仰头

检查一台车一个半小时，下蹲六十八次

在内燃机车眼里

你从来都是一截弯曲的铁

火车由南向北或由北向南

一样如雷滚过

但你能从雷声中听出闪电的喜怒哀乐

火车五脏六腑的秘密

都一一记在你的四十六个笔记本里

车钩缓冲器、牵引电机、齿轮箱

被你训练得规规矩矩

叫立正就立正，喊稍息就稍息

锤敲、眼看、手摸、鼻闻、耳听

为每一台孔车把脉问诊，手到病除

你早已身不绝技，全路第一的桂冠

一直被飞奔的车轮供奉在

李向前内然机车钳工技能大师工作室

而国务院政府特殊津贴

却在妻子扮望的目光里远去

闪烁在学技练功的擂台上

回荡在火车字正腔圆的笛声里

从上沃村到机务段

从机车钳工到首席技师

从劳动模范到十九大代表
你步履铿锵，是一块奔跑的铁

向前！不仅是你的名字
更是你每天的姿势

青春飞翔的地方

在伏牛山与大别山

并肩耸立的地方

在淮河与汉水

相伴而唱的地方

在英雄桐柏和红色唐河

遥相呼应的地方

在宁西东线

最偏僻最艰苦的地方

有一个车站叫安棚

在车站的怀抱中有一个工区

叫安棚接触网

这，就是我们青春飞翔的地方

我来自绿色军营

曾经手握钢枪

我来自大学校园

遨游过知识的海洋

还有胡振选、李岩、胡明堂

还有高博、李文东、平旭阳

2015 年，来自四个省

十一个县市的二十五个小伙子

相聚在安棚接触网

我们朝气蓬勃、血气方刚

我们挥汗如雨、斗志昂扬

年轻和年轻拥抱

激情和激情碰撞

青春一下子就张开了翅膀

离地六米

天空是我们的战场

在蓝天上耕耘理想

我们是铁道线上的雄鹰

用老虎钳、扭矩扳手、螺丝刀

在白云上写下了一句句壮丽的诗行

身处小站

下了火车坐汽车

下了汽车坐三轮

我们的青春盛开在崎岖小路上
越颠簸越飞翔
我们的足迹在穷乡僻壤来来往往
越艰苦越坚强

精细管理，负责到底
是我们的执着追求
八个大字像挥舞的鼓槌一样
不停敲击着我们的胸膛
安棚有我，有我必胜
是我们的铮铮誓言
从平推检查到电气化开通
安全之花在我们的汗水中灿烂绽放

在小站播种希望
在蓝天展翅翱翔
这里，阳光和欢笑四处流淌
这里，奉献和信念纵情歌唱
这里，就是安棚接触网
这里，就是我们青春飞翔的地方

盛开在除夕夜的泪花

两根长长的钢轨

在除夕夜变成了鱼竿

开始在小站垂钓一挂挂鞭炮

一串串祝福

还有一朵朵泪花

一排排明亮的红房子、绿房子

绽放在冰天雪地

朝着家的怀抱

带着微笑，奔跑

一副对联，就是一张高扬的红帆

挂满了大街小巷

也挂在变电所值班姑娘的心上

除夕夜的风，不算狂野

却在她俩的心海

掀起一阵阵惊涛骇浪

汹涌的浪花在美丽的脸庞
任意书写对联，草书字体
不算潇洒，十分滚烫

接触网工区，比往常
更加标准地立正在铁路旁
一群男子汉也收拾得有模有样
盛夏的豪爽和严冬的粗犷
被母亲的一个电话哽咽
盛开在眼里的泪花，落不落下
都是悬挂在铁路旁最亮的
灯笼

师父的背影

1

旗一样神圣

帆一样壮美

面对你凌空的背影

二十岁的我，眼里飘满了祥云

作为陇海线第一批接触网工

一条安全带就把三年的侦察兵

变成了翱翔的雄鹰

蓝天是舞台，俯瞰铁轨

你一会儿牵着白云往东

一会儿提着鸟鸣向西

一身腱子肉把钢的承力索、铜的接触线

变成了怀里的琴弦，轻弹一曲

就在全段第一次技能大赛上一鸣惊人

从此，"网上飞"成了你的第二个名字

2

一把弯镰，两筐猪草

割疼了你的童年

满地霜叶，一杆竹耙

冻红了我的小脸

关于庄稼的话题长满了根须

从田垄走来的步履，紧跟你的背影

很快成了你的徒弟

幸福得像一棵头顶浓荫的小树

五米高的车梯上，和你并肩站立

自豪感拔地而起

你旋转扳手，拧开太阳的闸门

我用老虎钳，绑紧朝霞的秘密

我们一起安装吊弦，悬挂太阳的灯盏

在高处，垂直于大地的抒情

不仅浪漫，还冒着火星子

动不动就被你的络腮胡敲打

一不小心，就被你的眼神灼伤

一次次在你湿漉漉的背影里淬火
我的手掌，也威武出了老茧

3

接触网工生长在高处
离风近，离雨近，离阳光也近
皱纹长得更快
当额头第三条皱纹成熟的时候
你成了工区的工长

蝉声煮沸了三伏天的中午
三层的宿舍楼坐北朝南
躺在一片鼾声里打盹
只有你，拿着一块白抹布
趴在二楼的玻璃窗上
汗水汹涌的背影，像一道蓝色闪电
瞬间，我的胸口有雷炸响
每一扇窗户，都是标准化班组的眼睛

让每一只眼睛都炯炯有神
是你朴素的理想，电闪雷鸣之后
一头老黄牛在你的背影里栩栩如生
和你紧紧地拴在一起

我在蓝天铺开的云朵上写诗

系上安全带

激情就张开了翅膀

怀揣两万五千伏的豪情

在接触网上飞翔

汗水顺着头发

牵出了串串诗行

扳子、钳子、螺丝刀

都是我的笔

在蓝天铺开的云朵上

我字斟句酌

写下一句句诗行

以接触网工的名义

把集中修的披星戴月

浓缩成了七律

从南水北调工程的众志成城里

提炼出了绝句

在陇海扩能施工的顶风冒雨中

出版了个人诗集

电力机车抑扬顿挫

把我的诗

朗诵给大地

一根很挺拔的支柱聆听之后

举起了致敬的手臂

燃烧的太阳听了非常激动

在我背上

用汗水狂草了一句评语

"你也是诗中的一个字"

一群和冬天拔河的人

——献给奋战在春运一线的铁路职工

1

怀揣钢铁的人

在腊月照样底气十足

一场大雪搭起擂台

就纷纷披挂上阵和冬天拔河

把冰凉的钢轨握在手里

被冻僵的路基，瞬间

热气腾腾

2

一把铁镐在大年初一

砸碎了道砟上的冰

钢轨上的劳动号子

被此起彼伏的鞭炮声鼓舞得

很有温度，冒着团团白气

养路工是拔河赛场的绝对主力

一群棉安全帽

与眉毛上的晶莹霜花

组成了一幅美丽的图画

是现场最生动的风景

遥望天际，冻得通红的太阳

与头顶饱满的喜悦

一同冉冉升起

3

寒风被腊月磨得锋利

把月亮削得

越来越瘦，如钩

接触网工抖落星光

整个冬天都在隧道内和冰较劲

犀利的目光

指引着打冰杆高高举起

一根根冰柱

落在钢轨和水泥枕上

声声脆响悦耳动听

伴奏着沉甸甸的责任

和写意的身影

在隧道壁上翩翩起舞

4

南来的火车挥舞着归心似箭

累得额头冒汗

北往的火车高举着望眼欲穿

集体加油呐喊

火车司机是这场拔河的先锋官

汽笛和车轮在冰天雪地

配合默契，纵情高歌

乐曲铿锵激昂，振奋山岳

《团圆颂》和《离别曲》

是这个正月最流行的歌曲

5

拔着拔着

冷风逃进了自己的洞穴

冰凌躲到了山谷的茅舍

冬天的队伍渐渐土崩瓦解

气喘吁吁的站台上

一个小姑娘手中的迎春花

把冬天逼得走投无路

在山顶举起了白旗

6

既是拔河的啦啦队

也是盛开在铁路线上的花木兰

高铁姑娘凯旋

脸上写满了最美的诗行

蝴蝶在她们的笑靥里

珍藏了万顷阳光

不一会儿

就温暖了远去的故乡
桃花在她们的发梢摇曳着
十里春风
即使在飘雪的车窗上
也能闻见花的芬芳

哦，一群铿锵玫瑰
把整个春天搬进了车厢

闻到了，阳光的味道

暴雨如注
用铁的意志撑开眼睛
把青春泡在齐腰深的水里
第一个发现白水河的险情
你，点燃了波澜壮阔的引信
感天动地的抢险战役就此打响

你，田楠
一个三十二岁的线路工
此刻，坐在我的面前
肩上挂着对讲机、记录仪
一身戎装，头戴一顶小黄帽

领口的扣子，扣得规规矩矩
像你走过的路
十年前，你从部队退役
有脚底的老茧护航
一到工区，就在太行山的岩石上

扎了根，在小站上耕风耘雨

优秀共产党员，还有先进生产者
都是盛开在你脚印上的花朵

面对赞扬，你抓耳朵的手
就没再闲过，黝黑面庞泛起了红光
朴实得像山坡上的红高粱
一提起那段激情燃烧的日子
你的语速就像机关枪一样
说到激动处
把手里的矿泉水瓶捏得咔咔作响
像给自豪的日子放一挂鞭炮

与你对视，我看见
一株向日葵在面前绽放
闻到了，阳光的味道

在兰考南站检修高铁

兰考南，三个字已经足够让我驻足
三个琴键
按响了信仰的门铃

栅栏外，听着焦书记故事长大的泡桐树
扎根礼了六七十年，格外茁壮
一眼就看见了我胸前的党员徽章
泪眼汪汪，像亲人一样张开臂膀
把我和高铁一起抱在怀里
心跳、沿着绿色奔跑

一身戎装，在兰考南站检修高铁设备
总有一些光明的词汇
围着你跳来跳去，抬起头
每一个微笑都挂满雨露
弯下腰，每一朵小花的掌心
都攥紧了阳光，汗水
在七月的门前任意流淌

风，一定经过了那件毛背心
已没有盐碱地的味道
仍然吹红了我的眼睛，一股暖流
开始汹涌，一次又一次
我将身体里的枕木铺开
让千万里的铿锵一直辽阔到心海

在蓝天上翘望丹江

丹江的漩涡惦记着北国的干涸

焦渴的嘴唇呼唤着南方的碧波

我睁大一双接触网工的眼睛

不停在报纸和网络里寻找

南水向北的足迹

终于在南阳一双叫徐营的村子

走进了南水北调

调水大渠在这里下穿宁西铁路

和钢轨紧紧握手

在 2013 年，我拥有了一生的自豪

拿起施工图纸

就感到了工程的重量

责任的密度

一下子被千秋伟业

压的增大了好几倍

一根根挺拔的支柱

是我们春天

种在岸边的树

注定要在一渠波浪的滋养下

永远生长骄傲的回忆

蝉声煮沸了七月

安全帽盛满了汗水

不停浇灌工地

供电线一个星期长高了三米

绣着路徽的工作服上

开满了太阳花

那是汗珠在夏天写的日记

标点富有想象力

字体很有创意

野菊花印满了大地

大河雄赳赳穿过了宁西铁路

工地变得更加立体

我们在涵洞顶上

吹响了设备改造的集结号

轨道吊和汽车吊默契配合

把我的激情高高吊起

在蓝天上翘望丹江

沐浴荧光

又一年初冬的午后

我再次来到梦想发芽的地方

一列飞驰的火车正倒映在碧波

看着一渠清澈

在昨天的汗水里一路向北

我的思绪张开了翅膀

随着落叶翩翩起舞——

丹江鱼享受着波光粼粼

大摇大摆游进了颐和园的昆明湖

喝了丹江水的京剧

字更正腔更圆韵味儿更足

整整一个下午

想象的边缘被撑得鼓鼓的

没有折子

不时打一个饱嗝

都泛着丹江的甜味儿

只为擦亮铁骑的马蹄

铁与石，钢与铁

在粗糙的手中敲击、碰撞、挤压

敲醒了小站的晨晖

碰落了大山的夕阳

撞得西风和北风在冰凌上脱缰

挤得花前和月下上气不接下气

呼吸急促

山沟里的养路工

清明不点瓜

谷雨不种豆

把立春焊在钢轨上

把冬至种在道砟里

在钢铁和石头的原野上默默耕耘

用铁镐斩断荆棘

用撬杠清除杂草

不停地揉搓着四季
只为擦亮铁骑的马蹄

看铁骑滚滚而来
疾驰而去
马蹄声声清脆悦耳
那是汗水开花的声音

致一段废弃的铁路

朝夕相处时，我经常说
火车轱辘是咱的饭碗
枕木是你的牙
雨天，撑一把伞来看你
打眼望去，你就掉了三颗牙

连风也不知道，抓地龙是什么时候
张牙舞爪爬过来了
一群狼尾巴蒿还在不远处虎视眈眈
说不定，哪天就把你吃了

不再把无数梦想带向远方
不再用激情把自己撞击得锃亮
无边的寂寞在钢筋铁骨上开满了
铁血红花，斑斑锈迹连绵如海
堵塞了汽笛的泉眼
你的城池，不再是火车的山寨
南来和北往早已离开

几年前，我天天穿着黄马甲

和你相依为命

那时，列车呼啸铁骑滚滚

你是一把锋利的刀

刀锋所向，温暖和幸福一泻千里

如今，你满面沧桑解下征衣

我却给你找不到一把刀鞘

第二辑

汽笛的壮歌

钢轨，不会忘记

怀揣八千里路云和月
绵延千里的铁，从来无惧风雨
即使闯进了千年不遇的惊涛骇浪
纵横驰骋的梦想
也从未垂下一扇翅膀

没有火车笛鸣的日子
道床伤痕累累，一根根肋骨
在泥石流下面睁着眼睛
集体失眠，斑斑锈迹
在浑身疯长，那是钢轨的记忆
正在铭心刻骨

大地，浴火重生
一截截心酸的往事
被滚滚车轮的万丈豪情
擦得锃亮，钢轨
不会忘记，推疼漩涡的手掌

扛肿沙袋的肩膀

那被暴雨淬火的眼睛

一双双，充盈沙场英雄的血性

那被狂风雕刻的额头

在深深的沟壑里藏了多少信仰

钢轨，不会忘记

沾满泥浆的刘海

鼓起勇气的青春痘

曾经的弱不禁风

怎样在黑夜咬碎了雷声

不会忘记，那一抹

走在队伍最前面的夕阳

只用了三天的雨，两夜的风

就把工区的一群晨辉镀亮

钢轨，不会忘记

奔腾在洪水里的黄马甲

就是一路奔跑的阳光

跑到哪里，哪里绽放坚强

不会忘记，盛开在防洪墙上的安全帽

像吹喇叭的牵牛花一样

那么快就叫醒了遍地希望

钢轨，不会忘记

气壮山河的每一个音符

都如此激越铿锵

不会忘记，感天动地的每一个标点

无不热泪盈眶

这样的音符与标点

个个心怀虔诚

正把中原铁道的骄傲和自豪

一笔一画，镌刻在钢铁画卷之上

凝结成日升月落的永恒

留存于大江大河的奔涌波浪

车轮，带来温暖如春的力量

"旅客朋友们

由郑州东开往洛阳龙门的 G7925 次

就要进站了"

一个字，一片芬芳的花瓣

一句话就是绽放的花朵

腊月二十三，洛阳龙门站的喇叭

心怀诚挚祝福

不停播撒春天的消息

早已遮不住喜悦的涟漪

候车大厅恢复了元气

南腔北调又开始熙熙攘攘

长长的站台

一下子红火起来

被五颜六色的脚步

兴奋成了热土

千里铁道线上

白房子、红房子、绿房子

整齐列队，川流不息

镶嵌在玻璃窗的眼睛

跳荡着经久不息的火苗

奔涌在钢轨上的暖流

刚流过大江小河

又淌过山川平原

听，冰裂的脆响悦耳动听

那是大地在燃放鞭炮

看，贴了对联的村庄

撑起了片片红帆

乘风破浪的勇气与日俱增

瑞雪纷纷，颂词漫天

汽笛愈加嘹亮

又找到了引吭高歌的感觉

飞奔的车轮意气风发

给广袤的河山

带来了温暖如春的力量

暴雨，敲出了战鼓的节奏

2021 年 7 月 20 日

中原头顶的天空，决堤

浊浪漫灌城市

山洪冲进乡村

路基下沉！护坡溜塌

水漫道床！郑西中断

郑太停轮！京广告急

面对历史极值的暴雨

已经不能用泰山压顶来形容

护航高铁

心一直提在嗓子眼上

稍有风吹草动

我们就勒紧缰绳

这次，暴雨如注

在钢轨上敲出了战鼓的节奏

工务、电务、供电

同时吹响集结号
三军闻令而动，逆行出征

雨帘遮住月光
没有一颗星星
我们用头灯照亮轨道和夜空
路肩松动，片石滑落
我们用牙关咬紧每一条裂缝
从夜以继日到争分夺秒
一个个黄马甲斗志昂扬
不停冲锋
从废寝忘食到通宵达旦
一顶顶安全帽挥汗如雨
向险而行

哪里还有前线后方
到处都是昼夜鏖战，步履匆匆
就连半山腰的小帐篷
也熬红了眼睛
早已分不清党员群众

人人奋不顾身

都是抢险尖兵

任何一丝懈怠

都会惭愧得无地自容

泥泞雕塑忠诚

汗水擦亮黎明

如织骤雨

遇到热气腾腾的额头

早变成了漫天颂词

以洗礼的方式向我们致敬

线路工、接触网工、信号工……

既然我们血管里流淌着铁的基因

信念就和桥墩一样坚定

滚石上山

就是我们留给风雨的背影

泥点，耀眼的勋章

坚毅如山的老李
泪水又一次模糊了手机屏幕
儿子站在洪水中的照片
戳疼了他，端起一杯烈酒
"长大了"！脱口而出
和"三个字"一饮而尽的
还有全家的骄傲

洪水拍打着围墙
一次次向中继站发起进攻
大门是最后的阵地
"高铁有我，有我必胜"的誓言
在耳边回荡，在血管铿锵
跟着工长跳进洪流
小李用牙咬碎了头顶的雷声
第一次把脚扎进淤泥里
就和战友肩并肩
捞起了湿漉漉的黎明

举起沙袋，闪电
看清了钢铁脊梁的模样

洪水退去，笛声响起
每一个泥点，都是耀眼的勋章
光着脚站在雨水里
看高铁疾驰而过
小李来不及回味和抒情
自豪就像鼓槌，一下接一下
擂响了青春的胸膛

站在陇海线 K642

上午，风还有些惊魂未定

我站在陇海线 K642

不知道该迈左脚，还是右脚

生怕一不小心

踩疼了道床和石砟

使劲轰鸣的筑桩机

像穿着黄色大褂的骨科大夫

把四层楼高的钢轨

一根根扎在边坡上，戳进路基里

像把一枚枚钢钉

钉在一截截骨折的铁道上

不远处，伊洛河的水浊浪滔滔

把昨天惊心动魄的故事

藏在漩涡里寄向远方

黑石关大桥全身钢筋铁骨

安然无恙沉默不语

崇敬的目光愈加深邃

在它面前，白色编织袋

垒砌了雄伟的城墙

穿黄马甲的人

个个姓铁，扛着钢锹

在上面巡逻

来来回回，走瘦了日月

他们，坐下来抽烟的时候

经常会比一比

谁最后一个挑落了寒星

谁捡起的雨点最大

谁的鼾声淹没过雷鸣

一车矿泉水瓶

一夜众志成城

胜利的喜悦

先于第一缕朝霞

打扫抗洪战场

一袋又一袋矿泉水瓶

装满了工程车

空空的瓶子一脸疲惫

静静地躺在编织袋里

鼾声，此起彼伏

身披泥点的它们

是壮怀激烈的见证者

每一个空瓶子

都装着一截惊心动魄

绽放出第一个微笑

猝不及防，一场暴雨

在坦途上耸立了万重关山

两天两夜了，没有一粒笛鸣

天桥扶着栏杆，望眼欲穿

蟋蟀躲在站台的缝隙里

一寸寸拉断了肝肠

桥墩，把一天的日月

举到了三秋的峰峦

穿过秦岭、伏牛山

追着黄河的波涛一路飞翔

2021 年 7 月 22 日，G1972 次

停在巩义南站的时候

夕阳抓着白云，累得筋疲力尽

眼看，就要碰到树梢

终于听见了故乡的方言

高铁呼啸而过

沿途的喜悦，如蜜蜂冲向花朵

春风荡漾花海，在焦急的额头
抚平了一道道皱纹
坍塌的伤口
绽放出第一个微笑

牵牛花，高举喇叭
指挥着满山坡的青藤
一次次振臂欢呼
那是泪痕纵横的大地
看见了亲人
过分激动，在战栗

一颗星回到了苍穹

一场暴雨之后
飞奔的车轮、雷鸣的手掌
还有山谷的风
一次次把你的名字接力
传遍大江南北
长城内外都在不停回荡
杨勇　　杨勇

迎着风雨，手握闸把
驾着青春的梦想
又一次在十万大山之间飞翔
苍翠的峰峦隔着车窗
看见你身上
闪耀着一束光

三年军旅生涯，用血与火
种下了光荣的种子
举了二十七年的右手

早已把初心的枝丫
浇灌得郁郁葱葱
两个肩膀扛了二十五年的路徽
被忠诚擦得熠熠闪光

泥石流，来得猝不及防
为了一车欢歌笑语的芬芳
你用一个毫不犹豫的决定
从容收拢了呼啸的翅膀
站到了巍巍山川之上

你是一颗星
从一列高铁上冉冉升起
回到了苍穹
那是璀璨的故乡
从此，每一个夜晚
复兴号的笛声
还有稻田的蛙鸣
都会仰望你，向闪烁的你
致敬

静默的壮歌

"D2809 次司机"

"D2809 次司机请关车门"

"D2809 次关门，司机明白"

简单的应答

就是幸福旅途的密码

D2809 次司机有吗

…………

拿对讲机的手揪住了呼吸

开始颤抖，那一刻

和列车长一起忐忑的

还有惊心动魄的月寨隧道

和刻骨铭心的钢轨

那一刻，只有雨滴敲打车窗

在玻璃上书写着一行行

静默的壮歌

其实，焦急的呼叫

逶迤的黔山苗岭听见了

在竹林里感动得泪雨滂沱

湍急的寨蒿河听见了

呜咽的漩涡一个挨着一个

坚强的桥墩听见了

在榕江站耸立了一座丰碑

泥泞的大地也听见了

在你的笔记本上

留下了耀眼的勋章

你用永恒的静默书写赞歌

歌声里流淌着

钢铁的铿锵

你用一个闸把诠释信仰

信仰的额头

闪耀着太阳的光芒

致敬！中原铁道

暴雨！大暴雨！特大暴雨

山洪进村！水漫街巷！浊浪围城

罕见雨情！紧急汛情！突发险情

洪涝灾害历史罕遇，全国震惊

中原大地千里泽国，泰山压顶

告急！再告急！频频告急

水漫道床！路堤溜塌！轨道悬空

太焦告急！郑西告急！陇海告急

中原铁道以雨为令，全民皆兵

十万将士闻令而动，向险而行

——我们要调动一切资源

——动员一切力量

——全力抢修行车设备

字字千钧，局集团公司党委发出了动员令

奋不顾身奋勇向前

集结号里到处都是逆行的背影

——要在最短时间将中断线路开起来

——把列车速度提起来

——让开行对数多起来

面对严峻考验

郑铁人庄严承诺誓言铮铮

携手并肩力量无穷

——千难万险保畅通

——千辛万苦保安全

——千方百计保民生

全局上下勠力同心众志成城

必胜信念必胜信心

像挺立的高铁桥墩一样坚定

向您致敬，中原铁道

中原铁道，向您致敬

暴雨如注，骤雨盆倾

雨点，在钢轨上敲出了战鼓的节奏

这个夏天的中原铁道

气壮山河岁月峥嵘

每一个调度中心都是灯火通明

一条条作战命令精准科学

此起彼伏的电话铃声

吵醒了一个又一个黎明

每一个会议室都是沉着冷静

一个个方案精细缜密

围绕仓道的热烈讨论

淹没了深夜窗外的蝉鸣

每一个车站都写满了忠诚

被困孤岛，一片汪洋，断水断电

坐着轮胎划到小站，累得要命

也要把旅客的期盼高高举过头顶

全员上岗，站成一排打开手机的手电

也要让焦急的旅客在雨夜看到光明

每一个抢险工地都是号子声声

变电所被淹，中继站报废，太行隧道掉块

抢险战役遭遇了"上甘岭"

水深齐腰满地泥泞

惨烈的"战场"没有一个逃兵
即使赤脚上阵，也要不停冲锋

向您致敬，中原铁道
中原铁道，向您致敬

雨帘遮住了月光
没有一颗星星
我们用头灯照亮轨道和夜空
路肩松动，片石滑落
我们用牙关咬紧每一条裂缝
从夜以继日到争分夺秒
一个个黄马甲斗志昂扬，敢打敢冲
从废寝忘食到通宵达旦
一顶顶安全帽挥汗如雨，戴月披星

哪里还有前线后方
到处都是昼夜鏖战，步履匆匆
就连半山腰的小帐篷
也熬红了眼睛

早已分不清党员群众

尽锐出战，人人都是抢险尖兵

任何一丝懈怠

都会惭愧得无地自容

线路工、电力工、信号工……

亲兄弟、夫妻岗、父子兵……

血管里都燃烧着铁的基因

像铁人一样去战斗

就是我们崇高的使命

"我是党员，我坚守"

一个个初心熠熠生辉，主动请缨

"我是突击队员，我先上"

一支支队伍旌旗猎猎，集体冲锋

2 万名党员和 1685 支党员突击队

拥有一个共同的名字——抗洪先锋

砥柱中流，爆发硬核力量

筑起了坚不可摧的"红色堤坝"

筑起了中原铁道的"钢铁长城"

向您致敬，中原铁道
中原铁道，向您致敬

泥泞雕塑忠诚
汗水擦亮彩虹
从寸步难行到闪电追风
中原铁道又见虎跃龙腾
喜闻汽笛声声
久违的站台激动得热泪纵横
再见铁轮滚滚
失眠的车站兴奋得连续刷屏

2012 年的中原铁道
历经磨难涅槃重生
在废墟上耸立了不朽丰碑
从洪水中走出了无数英雄
东西南北的闪光灯都向这里聚焦
山川河流无不铭记感天动地的历程
洛河、黄河腾起朵朵浪花，向您致敬
太行山、伏牛山高擎日月星辰，向您致敬

向您致敬，中原铁道

中原铁道，向您致敬

中—原—铁—道

向—您—致—敬

致——敬

我好想看看你，火车

桃红开始约会柳绿

燕子已衔回了十里春风

你还在原地沉默

不忍看，你停在车库的样子

春节，本该是你昂首奋蹄

尽情撒欢，纵横驰骋的季节

却被铁鞋钉在故乡

尽管腿生锈迹

炉膛的烈火从未熄灭

看着并肩的兄弟

还在南征北战，气喘吁吁

你，没有唉声叹气

一直侧耳聆听每一粒笛声

一动不动的姿势，谁都心疼

作为几十年的老朋友，梦里梦外
我好想看看你，火车
看望你，我两手空空
只带一张笑脸

胜利的号角

长长的站台有些寂寥
时钟不停敲
青草绿了冰还未消

最美复兴号
带着希望向前跑
惊涛骇浪中
争分又夺秒

我们披战袍
肩并肩热血燃烧
阻击战要坚强
敢冲锋最重要

钢轨之上鼓励和祈祷
擦干泪紧拥抱
无数人的铿锵心跳
高举新荣耀

挂在你脸上的微笑

唤醒我同频的心跳

抬头仰望明月在树梢

风起云涌自豪与骄傲

高铁沧桑呼啸

大河两岸澎湃铁流波涛

看遍地春潮

千里铁道战旗飘飘

我们吹响胜利的号角

"二七"之光（外一首）

到现在，山川和河流都相信

车轮和钢轨擦出的火花

在一百年前，点亮了黑暗

1923 年 2 月，风起云涌

红船荡起的波浪

开始在黄河的冰层下流动

麦苗高举霜花，聆听

二七大罢工的呐喊

那一浪高过一浪的愤怒

沿着绵延的枕木，一路咆哮

站在火车头撒播的传单

雪花一样，在大地卷起了风暴

面对子弹、刺刀和锁链

前赴后继的头颅，挺起胸膛

筑起了铜墙铁壁

从洪流中走来的林祥谦、施洋

还有那些用热血擦亮黎明的烈士

他们都戴着太阳的指环

他们用铮铮铁骨

在钢轨上砸出了火种

在他们身后和脚下，火炬

像雨后春笋，漫山遍野

就连漆黑的隧道

都变成了失火的山谷

火光，映红了神州大地

天一天比一天

亮了

在英雄站立的道钉旁

嘹亮的汽笛历经百年风雨

复兴号的车轮滚滚向前

沿着绵延的钢轨回眸

高铁精神、青藏铁路精神

巴山精神、大秦重载精神……

纵横驰骋的铁道线上

红色的基因，旺盛生长

金光闪闪的精神谱系，旗帜高扬

站在排头兵的二七精神

像一道光，划破历史的天空

"英勇、团结、牺牲、奉献"

八个大字，八颗璀璨的星斗

永远给飞奔的"火车头"

精准导航

二七塔

在黄河岸边

在陇海线和京广线交会的地方

在高铁"米"字的花芯

矗立着二七塔

见证中华民族伟大复兴的精神之塔

100 年的精神海拔

让白云和雷声在 63 米的高度

触摸初心的温度

聆听这片血染土地上的英雄史诗

感受一个民族不屈的灵魂

每天，《东方红》乐曲准时奏响

追随信仰的旋律

大街小巷的步履愈加铿锵

油漆深红，斑驳在门窗的每一条缝隙

在阳光照耀下

把真理折射得更加深邃

第 三 辑

车轮的梦想

高铁，一路掀开了锦绣

复兴号，一闪而过
像电追着光
照亮了峰峦上的鹰翅
池塘溅起蛙鸣
躬耕阡陌的谚语
纷纷抬头仰望
啊！辽阔的大地
高铁，一路掀开了锦绣

春天，掀开了黄土高坡的油菜花海
信天游兴高采烈
蜜蜂的翅膀多了十里春风
秋天，掀动了雪域高原的经幡
云朵沉甸甸的心事
一下子笑出了声

站在长城脚下
京张高铁掀开沧桑

瑞雪迎春高擎圣火飞奔

一百多年的笛声早已化作祥云

立在东海岸边

沪杭高铁掀起的波澜

让千年渔火升起了自豪的风帆

矗立的灯塔

是无边蔚蓝发出的惊叹

京沪高铁、徐兰高铁……

由北向南或由东向西

只要朝霞和夕阳手拉手

就能掀开春夏秋冬的窗帘

左边和右边都是目不暇接的窗口

蓝海豚、红飞龙、金凤凰

还有蓝暖男、绿巨人

都长着翅膀

无论飞翔到哪里

哪里的微笑就会迎风绽放

哪里的歌声就会如水荡漾

当辽阔壮美遇上雷霆万钧

唤醒雪山的
早已不是鹰翅
一列高铁呼啸而过
峰峦情不自禁振臂欢呼
飘在蓝天的云朵
一定触摸到了冰封的脉搏

夜晚，列车的轰鸣
高于一切繁星
车轮整齐列阵，戴月飞奔
如雷滚过大地
在星辰大海激起了层层浪波

高铁，从车站离弦
没有一阵风能看清彩色的闪电
两岸猿声来不及眨眼
一道光划过
万重山正在身后惊叹

钢铁驼队越走越远

大漠的雷声

胜过千军万马的呐喊嘶鸣

驼铃不再惆怅

从冷月摇出了春光

大风遮不住的容颜

温暖了万顷黄沙

布满江河的大地

在鲜花丛中尽显壮丽

钢轨、车轮，每一个汉字

自带蓬勃的心跳

眼睛里闪烁诗和远方

都怀揣着追星逐月的理想

钢的羽毛，全被朝霞和青山

还原成初心的原色

飞起来的凌云之志

一直在钢铁的战鼓上激荡

从雪花到桃花，再到浪花

就是晨光到晚霞的距离

125

天涯海角，架起了钢铁通途
终于抖落千年乡愁
在嘹亮的笛鸣里推杯换盏

当辽阔壮美遇上雷霆万钧
幸福的大门就一开再开
钢铁的翅膀上缀满了花朵
翼下之风芳香馥郁
到处播撒祝福、希望的种子
让西出阳关一回回沉醉
一次次，把长河落日圆
请进锦绣山河

与飞奔的车轮一起放声歌唱

鹅毛、三鸾、琼屑、梨花……

在凌晨的徐兰高铁

我能哈着热气

叫出每一朵雪花的名字

掀开一挂雪帘

迈进 2022 崭新的门槛

愉快的涟漪一层层，浑身荡漾

车站的信号机银装素裹

在回忆中闪烁

我和晨曦，读懂了它眼中的星火

昨天，又有一批山寨村落

告别了羊肠小道和翻山越岭

在风驰电掣中

找到了飞翔的感觉

身披藏蓝的拉林铁路

3700 米的海拔

把复兴号举到了天上

中老昆万铁路怀揣幸福密码

一边吹着葫芦丝

一边敲着象脚鼓

拉着山茶花与鸡蛋花载歌载舞

绵泸、牡佳、徐连、张吉怀……

高铁的银梭子让人目不暇接

一眨眼就织出了一段锦绣前程

此时此刻，每一张车票

都是新年的请柬

就这样，用自豪的速度

带着自信的微笑

在祖国辽阔的大地上

与飞奔的车轮一起放声歌唱

就像在迷人的河流徜徉

这条以钢铁命名的河流

年年岁岁川流不息

眼前，正在汹涌波澜壮阔

汽笛嘹亮的地方

千山万壑一次次振臂欢呼

钢轨身旁，鸟语花香

在春天的路上兴高采烈

祖国，正在钢轨上辽阔

手捧中秋的圆月

静待十月花开

每一条大街小河

都迫不及待开始雀跃

头顶的钢轨先张开了翅膀

从层林尽染到海天一色

用风的手指翻遍金秋的画册

只须日出，无须日落

祖国的美在瞬间足够辽阔

川流不息的湄公河坚信

中泰铁路的钢轨足够慈悲

定会给故宫和金佛寺

拉来缭绕的祥云

西伯利亚的雪橇犬

越来越喜欢

倾听火车的笛声

从郑州到汉堡

从广州到莫斯科

从苏州到波兰

一节节钢轨手挽手

编织了一条条幸福的纽带

让中欧班列来回穿梭

车轮在钢轨的手中

变成了盛满友谊的酒杯

三巡过后

就把万水千山变成了高朋满座

祖国的胸怀日益辽阔

钢轨，坚守奔跑的基因

始终瞩目潮头的星火

又一次昂首挺胸走进十月

祖国，正在钢轨上

愈加辽阔

钢轨上的祝福响彻大地

动车犁开稻浪

苹果甜透了山梁

丰收的气息

让钢轨和车轮

情不自禁地呼吸和仰望

初心镀亮镰刀

锤头的信仰金黄

又一座路标

在亿万颗心中矗立

这个金秋十月注定山河气壮

第二十座丰碑

在万众瞩目中熠熠闪光

在这激动人心的时刻

车轮怀揣驰骋万里的激情

在钢轨上拍红了手掌

夜以继日，在中国梦里呼啸沧桑

仰望路标，车轮铿锵

汽笛的歌声嘹亮

钢轨上的祝福响彻大地

蓝天蔚蓝西藏

白云放牧着牛羊

青藏线上，鹰翅

忙着测量速度的海拔

复兴号 160 公里的时速

把天路变成了天堂

每一个车轮，用黄河的肺活量

在层林尽染中抒发豪情

16 次跨越雅鲁藏布江

指挥着雪山的波涛放声歌唱

"唱支歌儿给党听"

带着被喜悦撑开的渔网

挂满露水的祝福

"绿皮车"驮着沉甸甸的心事

走走停停，依然豪情万丈

每一次经过崇山峻岭

千山万壑都会振臂欢呼

希望小学的大门

经常被汽笛敲开

每次都能听到一首歌

"党啊，亲爱的妈妈"

中欧班列，一声笛鸣

长高了世界东方

一根根钢轨，一节节车厢

把伟大复兴的梦想

一程程载向波澜壮阔的远方

钢轨与车轮的摩擦声

在异国他乡的风里回响

和谐而美好，动人而欢唱

广袤的原野听出了永恒的旋律

"没有共产党就没有新中国"

一列车与一条渠

相同的基因，一样的底色

每次坐着"红旗渠号"去红旗渠

都怀揣一团火

从早到晚的洗礼

始终沐浴着光

挂在太行山上的碧波

从二七塔下滚滚而来的车轮

都有金色的信念

K8008、K8007，一列"绿皮"火车

和博物馆、纪念碑一样

都高举红旗，以一条渠命名

车轮不急赶路

沿着灵动的红飘带，走走停停

汽笛，穿针引线

把红透的故事串了起来

刻在石壁上的红旗

在翻腾的浪花里招展

火红的年代在水面徐徐铺开

抡锤开山的英雄列队而来

那些豪言壮语照样激起层层浪花

悬崖上挂满劳动号子的身影

比矗立的雕塑更加高大

返回车厢的脚步

都挂着激动的露珠

刚刚，面对峭壁的誓言

还在耳畔回响

被渠水淬火的眼神

多了十里光芒

照亮景色愈深的车窗

铁锹和箩筐创造的奇迹

打开了热血的闸门

青春，在交流中闪光

力量在悄悄凝聚

车厢里响起了拔节的声浪

红旗渠，一面飘荡在太行额头的旗帜

每一块石头，都是无言的丰碑

每一个皱褶，都藏着信念的火种

"红旗渠号"，迎着波浪

一路铿锵，拉来了一支支

高举红旗的队伍

啊，复兴号

群山昂首宣告

神州大地飞起了一条龙

江河扬波欢笑

中华儿女圆了一个梦

啊，复兴号

你是白色闪电

你是世纪雄风

幸福和欢乐追着你

尽情舞蹈

不停奔跑

自豪和尊严抱着你

放声高歌

纵横驰骋

车轮传来捷报

祖国天空升起了一颗星

汽笛告诉苍穹

长江黄河在合唱高铁颂

啊，复兴号

路徽因你神圣

桥墩和钢轨举着你

责任心中

安全永恒

春夏和秋冬祝福你

一路飞奔

迎接彩虹

把这片金菊献给祖国

在祖国的怀抱
连一棵小草
都会献出雷鸣般的掌声
谁都知道十月第一天的阳光
有多么灿烂

我，一名普通的铁路职工
也想用结实的手掌
擦亮五星的光芒
站在平顶山西站集中修会战现场
眼前，每一个橘黄色的安全帽
就是一朵摇曳在秋风里的雏菊
每一件黄马甲
都是微笑在钢轨旁的野菊花

身前身后，金菊怒放
铁路两旁，野菊飘香

自豪就像鼓槌
擂响了流汗的胸膛

就把这片金菊献给祖国吧
这金黄的礼物，赤诚
这燃烧的祝福，滚烫

车轮的掌声

春雨在麦苗上

敲响了拔节的鼓点

复兴号，比春风快了一步

在田野犁开波浪

牧童的柳笛

吹开了一片无际花海

阳光走进三月，汇聚了

山峦的目光、汽笛的期待

庄稼的理想，骤然灿烂

大街小巷屏气凝神

以养精蓄锐的姿态谛听

祖国，心脏的跳动

血管的涛声

两会召开，万众瞩目的时刻

火车头，满载兴高采烈

昂首挺胸一路飞奔

播报春天的消息

车轮怀揣汹涌的热浪

在钢轨上拍红了手掌

雷鸣，滚过万里山河

小草、森林、沟壑、羊群

都触摸到了大地锵锵的脉搏

大地上，一座座车站花开天地

让每一声汽笛想起了

脚手架上的风雨

还有汗水化作云朵时的模样

车窗外，冉冉升起的太阳

让每一个座椅想起了

金灿灿的五个年轮

以及刻进额头的星光

高铁建设的速度和复兴号一样快

一个个铁路人

用行动践行着火车头的铮铮誓言

伟大而美好的擘画，正在进行

擘画速度、高度、力度

擘画智慧、力量、精神

三月的灿阳下

祝福和期待奔走相告

千里铁道，心鼓

打桩机一样轰响

笑容，和桃花争着绽放

每一个道钉满怀喜悦

见证荣光的汗珠

还在布满沧桑的脸上闪光

一座座桥墩拔地而起

列队集结的阵容，气壮山河

抵达梦想的心跳

正在澎湃

东站广场的合唱

洛河的蛙鸣依次喊出了
立夏、小满、芒种的口令
丝瓜藤和豆角秧齐刷刷地
迈着整齐的步伐
向着七月的方向阔步前进
石榴花和木槿花在百年老站
迎风翩翩起舞
这个时候，合唱
开始在东站广场怒放

党，母亲，我和我的祖国
每一个字，从皱纹里流出来
都是激情的迸发
每一个词，从银发上飘起来
都是幸福的舞蹈
每一句话，从拐杖上站起来
都是感恩的微笑

此时此刻，除了歌声
在广场此起彼伏的
还有饱满的汗珠，发红的手掌
一对对划桨蓝天的鸟翅
和火车清脆的笛声

老槐树下，一个小女孩
用三岁的眼眶按下了快门
目不转睛的画面
给九点钟的广场镀上了一层金色

喊一声"我的高铁"

清晨，站黄河岸边

突然就喊了一声

眼前这条铁路

对着它的铿锵和远方，大声喊

就像对生我养我的亲人

痛痛快快喊了一声：我的高铁

而高铁并没有应答

也没有回头

只有一列列动车组

呼啸着在我面前一闪而过

就像一阵阵春天的风

带着

我所有的快乐和梦想

京广高铁从卢沟桥飞过

在那场战争第一颗炮弹爆炸的地方

在佟麟阁、赵登禹将军流干热血的地方

长出了一排挺拔的桥墩

京广高铁被桥墩举到天上了

白色动车呼啸而过

飞溅起永定河的浪花

卢沟桥，一座站满狮子的桥

目送高铁，把曾经弯曲的腰

挺得更直了

于是，在历史的横剖面上

产生了一幅带有组合感的凝固画面

几百只石狮满脸沧桑

怒目圆睁，盯着宛平城墙的弹孔

一列列高铁追风逐月

在蓝天展翅翱翔，绽放梦想

不可避免，或是命中注定

要在这里相互碰撞

过去与未来要在这里激烈对话

忽然，动车飞来

一声嘹亮的汽笛响过

那一刻，卡在喉咙多年的刺

被高铁拔了出来

拉来希望与梦想

当一枝梅花，频频

扶着八达岭长城回眸微笑

故宫屋檐上的冰凌

就不停掰着手指头

掐算圣火点燃的时间

京张高铁早已意气风发

在北京和张家口之间

穿林海、跨雪原，气冲霄汉

瑞雪纷飞，颂词漫天

没有草木的翠绿

皑皑的大地满树梨花

更显静谧和辽阔

飞驰的动车一闪而过

像春雷滚过大地

五星和五环，站在春天的门前

又一次携手并肩

每一颗金星，每一个圆环

都挤满了耀眼的光芒

清河、延庆、太子城、崇礼
沐浴着奥运的荣光
更高、更快、更强的号角
在湛蓝的天空激情回荡
复兴飞奔，拉来希望与梦想
送走热情与想象
无论是"中国"，还是"CHINA"
在古老的大地上，都很响亮
每一朵雪花，只要坐上高铁
就能抵达欢乐的海洋

有飞驰的动车护航
阳光的青春
插上了翱翔的翅膀
心灵的呐喊，愈加高亢
那一抹抹腾空傲雪的中国红
让民族的图腾，栩栩如生

在中原大地扬帆起航

2019 年 12 月 1 日

雪花的祝福刚刚出发

古老的中原大地早已颂词漫天

三双同时张开的翅膀

让数不清的城镇开始了飞翔

一道白色闪电

让黄河、长江、芒砀山、卧龙岗……

在冬天响起了春雷

郑渝、郑阜、商合高铁，三声笛鸣

同时点燃了幸福的引信

300 公里的时速挤干了时间的水分

动车组正把愉悦投递到每条街巷的邮箱

桥墩把高铁举到了天上

车轮滚过我们的肩膀

滚滚的轰鸣追着九段合一的鞭炮

大声宣告，中原铁道进入了崭新的高铁时代

成立仅仅 43 天，我们的高铁基础设施段

每一节钢轨都撸起了袖子

每一组道岔都坚守在阵地

每一架信号机都吹响了冲锋号

每一根支柱都高高举起了梦想

养路工、接触网工、信号工……

用年轻的臂膀编织了朝气蓬勃的船帆

动车组此起彼伏的笛声

掀起了中原铁道的阵阵波涛

我们踏着满江红浪扬帆起航

从夜以继日到争分夺秒

郑渝！一个个黄马甲的争先意识

在山呼海啸

从挥汗如雨到抖落寒霜

郑阜！一条条安全带的创业激情

在尽情燃烧

从披星戴月到栉风沐雨

商合！一顶顶安全帽的奋斗热血

在汹涌澎湃

从联调联试到检测验收
三条高铁！一个个工具包的敬业精神
在竞相闪耀
这是怎样绚丽的迷人画卷
这是何等壮阔的奋进潮流

扶沟南、拐河北、平顶山西、商丘东……
多像一杆杆迎风招展的旌旗
和我们一起插在中原大地的胸膛
肩并肩沐浴着新时代的荣光
指引着复兴号在中国梦里驰骋
此时此刻，来不及回味和抒情
自豪就像鼓槌，一下接一下
擂响了青春的胸膛

写给郑开城际铁路

2014 年 11 月 28 日，郑州至开封城际铁路开始运营，一站直达仅需 28 分钟。

——题记

一道白色闪电
让两个城市在冬天
响起了春雷

在郑开城际铁路上飞翔
我的思绪最先张开了翅膀
你，多像中原大地上
一枚闪光的订书针
沿着黄河咔嚓一声
就把郑州和开封变成了
一部大书的奇数页和偶数页

从此
黄帝和炎帝再想看看清明上河图

就是一袋烟的工夫

一朵菊花在古城放飞一群蜜蜂

眨眼间就能采到两个城市

最新鲜的蜜

还有更幸福的事

二七纪念塔下的姑娘仰起脸

就能吻到铁塔公园小伙子

热恋的唇

祖国，亲娘

青稞摇动西藏

稻花香透江南

万紫千红脚踏万里无疆任意生长

唐诗在桃花的声母中花开

宋词在流水的韵母中绽放

横平竖直醉在字正腔圆格外舒畅

这就是七十岁的祖国，我的亲娘

嫦娥温暖月亮

飞天灿烂敦煌

山岭峰峦踮着脚尖手拉手沐浴荣光

驼铃在北斗的照耀下豪迈

丝绸在蛟龙的脊背上远航

江河湖每挽起手臂肩并肩飞波逐浪

这就是我的祖国，七十岁的亲娘

在您的胸前，一枚党员徽章熠熠闪光
方志敏戴着它写下了《可爱的中国》
用一腔热血大声喊"娘"
杨连弟戴着它雄赳赳气昂昂
把生命怒放在清川江的铁道线上
焦裕禄戴着它种下泡桐树
拦住了漫天黄沙和背井离乡
吴孟超戴着它照亮满头银发
给春夏秋冬捧出了健康的肝脏
还有雷锋、郭明义、杨善洲、罗阳
他们用铮铮誓言书写了耀眼的辉煌
他们都是您的优秀儿女
都是我可亲可敬的先辈和兄长

在您宽阔无边的胸腔
一列列火车被桥墩举到了天上
高铁，一声笛鸣

便长高了世界东方

350 公里的时速挤干了时间的水分

复兴号正把幸福投递到每个人的邮箱

清晨，霞光里奔腾

黄昏，夕阳里飞翔

复兴号怀揣奔行万里的激情

夜以继日在中国梦里驰骋

和谐号、复兴号，在自豪里奔跑

让长江黄河激动地站起来

哗哗地灌溉拔节成长的水稻高粱

让长城泰山兴奋地拍红手掌

啪啪地伴奏此起彼伏的交响合唱

在您的眼前，一条大河浩浩荡荡

穿越伏牛穿越黄河穿越太行

1277 公里的碧波带着微笑的漩涡

途径南阳、平顶山、新乡、石家庄

一个波浪接一个波浪奔赴广袤的北方

在您的脚下，一条大路无垠宽广

"一带一路"点燃春雷的引信

焦灼的沙漠闻到了春天的芬芳

孤独的礁石开始酝酿友谊

丝绸和大海翩翩起舞

更显中华民族的风流气象

在您的心头，一场攻坚战旌旗招展

偏远山寨把脱贫的战鼓擂得最响

一个也不能少的誓言

让每一条小路张开了翅膀

连匍匐的小草也挺直了脊梁

要和金黄的麦浪一起迈进小康

在您曾伤心流泪的地方

用爱缝补的土地早已凤凰涅槃浴火重生

到处生机勃勃一派春光

河北唐山！青海玉树！四川雅安

还有汶川

每一次天摇地晃

大街小巷都像石榴籽一样抱在一起

抱得雪山冰川热泪盈眶

每一回山崩地裂

城市村庄都像森林一样挽起臂膀

筑起遮风挡雨的铁壁铜墙

您听！映秀镇的教室一会儿书声琅琅

一会儿琴声飞扬

您看！三树的鲜花开满了院墙

每一块土地都长出了新的光芒

我的祖国，我的亲娘

在您七十华诞金灿灿的门前

我们都情不自禁用黄河的肺活量

在层林尽染中抒发豪情放声歌唱

雄关漫道真如铁

我们伴着西江月辉脚步铿锵

人间正道是沧桑

我们踏着满江红浪大步流星

数风流人物还看今朝

我们走进沁园春色播种希望

啊！我们播种希望

啊！我们并肩划桨

把伟大复兴的梦想

一程程载向波澜壮阔的远方

我自豪，我在高铁怀抱

我们，在中原辽阔的大地上
向祖国报告
复兴号用闪电的速度
把洛河、黄河拉直又拉弯
滚滚车轮就这样豪迈地
振奋了波浪滔滔
我自豪，我在高铁怀抱

我们，在"米"字花开的画卷上
向世界宣告
复兴号用飞翔的姿态
把太行山、伏牛山拉近又拉远
声声汽笛就这样壮丽地
陶醉了白云飘飘
我自豪，我在高铁怀抱

我们沿着"安全、融合、创新、发展"之路
豪情满怀步步登高

"平安高铁、智慧高铁、文化高铁、幸福高铁、美
丽高铁"

"五个高铁"就是五座闪光的路标

引领我们一路奔跑

看吧！听吧

每一根钢轨都斗志昂扬

频传捷报

每一米接触网都精神抖擞

礼赞英豪

每一架信号机都容光焕发

把青春拥抱

从黄河南岸到南阳东

从"5020"到"标准化规范化"

一个个现场会铺开了跑道

每一个科室中心都抢抓机遇

争分夺秒

每一个车间班组都你追我赶

积极备考

每一个专修队都集思广益

把亮点打造

这是何等壮阔的奋进潮流

徐兰和京广的创先热血

都在汹涌澎湃

郑阜和郑万的争优意识

都在山呼海啸

这是怎样绚丽的迷人画卷

新乡东和焦作西的创新精神

都在竞相奔流

郑州南和开封北的敬业激情

都在尽情燃烧

我看到，东西南北的闪光灯

都向中原聚焦

我听到，日月星辰都忍不住说：

"风景这边独好"

我自豪，我在高铁怀抱

从"高铁高标准"

到"高铁无小事"

再到"确保高铁和旅客列车万无一失"

我们用汗水擦亮了

那一句句光彩夺目的口号

从"节支降耗作贡献，改革创新立新功"

到"保安全促稳定，迎七一当先锋"

再到"从严务实战暑运，安全畅通迎国庆"

每一个主题活动

都是嘹亮的冲锋号

不断点燃正能量的火焰

中原高铁从来没有这样群情激荡

处处春潮

从"铁路工匠"到"火车头奖章"

从"国务院政府特殊津贴"到"星耀家园年度人物"

中原高铁的夜空被一颗颗明星点亮

张生周、郑小燕、韩冬申

梁健康、郝震、岳爱军

一个个耳熟能详的名字在心头燃烧

催人奋进

一个个平凡至伟的明星在身边闪耀

激荡心潮，心潮逐浪高

我自豪，我在高铁怀抱

一年时光，我们携手度过

把困难变成了骄傲

怎能忘，瑞雪纷纷

鹅毛在天空擦出了风暴

狂风暴雪里

黄马甲怀揣忠诚吹响集结号

我们用冻得通红的脸颊点亮拂晓

一年征程，我们并肩战斗

把风雨变成了微笑

惊涛骇浪中

复兴号带着希望向前跑

我们铿铿的心跳高举新荣耀

我自豪，我在高铁怀抱

手握 2021 金灿灿的门环

让我们在抒发豪情中扬帆远航

点燃新起点的礼炮

让我们大步流星昂首高铁春天

踏上新征程的跑道
自豪，我在高铁怀抱

我们自豪，我们在中原高铁
我们在高铁怀抱

乐曲，照亮了郑州东站

暴雨，这一次
一定是挣脱了缰绳
从昨夜一路狂奔
踢翻了一条条河流
把大街小巷冲得东倒西歪
郑州东站被洪水围困
在黄昏渐渐变成了一座孤岛
微信也插翅难飞
焦躁、恐慌在夜色里疯长
如墨汁在宣纸上蔓延

"我和我的祖国……"
三楼大厅，忽然响起了乐曲
每一个音符，都像蓝天的白鸽
绕着旅客飞翔，扇动的翅膀
弹掉了许多额头的皱纹
车站汹涌的湖面一下子风平浪静
每一个旋律，都像一道光

和他们手中的单簧管、萨克斯、小号

一样金黄，光芒万丈

和他们身上橘红色的 T 恤衫

一样炽热，火苗跳荡

瞬间点燃了眼中的希望

把大厅的每一个角落照得越来越亮

乐曲结束，东站拍红了手掌

四周架起了道道彩虹

滞留的少年乐团站在大厅中央

稚嫩的嘴角齐刷刷往上翘

写满了青春荣耀

座椅上的眼泪，继续往下掉

已由冰凉，变成滚烫

每一步，都在铿锵中开花

从父亲的书架上

翻开一本泛黄的《毛主席诗词》

茫茫草地和皑皑白雪

扑面而来，一起用冲天的豪气告诉我

烈烈西风和长空雁

还没把霜晨月叫醒

红军就用草鞋

写下了两万五千里的伟大

在宝塔山下

推开延安窑洞的方格窗遥望

磅礴的乌蒙山

已经满眼红霞，在他眼里

那个冲锋的老红军从未倒下

褴褛的衣衫上燃烧着信仰的火焰

在他眼前

新长征突击队高举红旗

步履矫健，雄姿英发

在遵义城里
拿起一把当年的冲锋号
聆听，湍急的大渡河
已是欢歌不断，在她头顶
十三根铁锁链还在把二十二名勇士
无言礼赞，在她怀里
奔腾的浪花拥抱着秀水青山
对和谐发展进行最抒情的表达

从瑞金到遵义
从延安到西柏坡
从北京到世界
长征的号角响彻云霄
从当家作主到改革开放
从东方红到中国梦
从"自力更生，艰苦奋斗"
到"不忘初心，继续前进"
长征的火炬照耀华夏

出发，出发

从万里长征到长征万里

创新追赶着创新

胜利超越着胜利

每一步，都在铿锵中开花

信念的雕塑

蓝天下，或风雨里
高铁站的风雨棚
不仅仅是爱的港湾
还能听到信念的声音

优雅和挺拔
让信念的雕塑栩栩如生
梦想振翅的弦音
在力量的河流
荡漾起层层波浪

钢柱肩并肩站在一起
列队，威风凛凛
根根横梁义薄云天
铁肩担起了风雨雷霆
斜撑，一咏三叹
词句对仗工整
被光阴一遍遍朗诵

钢铁森林早已枝繁叶茂

在钢铁的浓荫下面

大地上繁花似锦

憧憬和祝福座无虚席

和谐号、复兴号、"绿皮车"

拉着归心似箭

遥看望眼欲穿

载着八千里路云和月

风尘仆仆，相邻而居

用喜悦的眼神送上问候

也让心中的敬意彼此加深

车门口一身红装

比绽放的蜡梅亭亭玉立

如花笑靥，藏着十里春风

只需一次莞尔回眸

钢铁的天空就阳光灿烂

每一个南来北往

都能走进和煦

用翅膀点亮荣光

从一开始到现在
我都十分坚信
车轮，从来都是前赴后继
在钢轨上擦出火花
像火柴一样，点亮了信仰

蓝海豚、红金龙、火凤凰
给大地的手指戴上了
最璀璨的钻戒
沿着耀眼的光芒
又一条巨龙飞腾凌云
雄安、大兴、霸州北、固安东
多像一杆杆旌旗
在京雄城际上迎风招展

把复兴号的翅膀
作为火炬，让桥墩高擎着
从祖国的心上出发

向着正在拔节的希望
一路铿锵，以飞翔的姿势
把复兴的荣光点亮
铁的使命，当仁不让

每一个座椅，都盛开着微笑
用白云拉开窗帘
看一眼窗外就会热泪盈眶
从万里长城到芦苇荡
千山万壑一次次振臂欢呼
辉煌的火焰越来越旺
从千年帝都到未来之城
田垄阡陌的庄稼
每一天都在澎湃汹涌
大地，张开了翅膀

我们，怎样拥抱新年

手握 2016 金灿灿的门环
先别敲门，请大家和我一起思考
我们，怎样拥抱新年

最好，提前买一张高铁车票
把它当成新年的请柬
让钢铁的翅膀带领我们飞翔
伴着朝霞
离开冰雕玉砌的北国
吹着晚风
徜徉花朵沸腾的江南
就这样，用自豪的速度
带着自信的微笑
跨过崭新的门槛

要不，赶紧摇橹撑船
赶到乌镇，在互联网的大花园
建一个春天的网站

有多少道钉

就有多少点击春雨的鼠标

每一节车厢

都是一个春意盎然的键盘

来吧，赶快成为一根坚实的枕木

或一个旋转的车轮

在网站共同编写中国梦的程序

先按下春运键

为大地拉回一万亩春天

还可以，告别郑州北站

怀揣几声嘹亮的汽笛

赶到浏河，在郑和下西洋的岸边

化作锚链的一环

或一面高扬的风帆

把钢铁的祝福带给海上丝绸之路

再把耳朵贴近大海的心脏

在潮涨潮落间

聆听一片蔚蓝对郑欧国际班列

有什么赠言，怎样用浪花

掀开波澜壮阔的画卷

还必须，赶到天津塘沽

点燃一支蜡烛

把平安的路照亮，祈祷

孩子的睡梦里永远没有惊心的闪电

老人的白须上不再挂一丝泪痕

再大声呼唤，安全的春天

永驻秒秒分分月月年年

在新年陪伴每一个早晨

温馨每一条江河每一座山峦

用笛声祝福

滚滚的脉搏

除了黄河，还有千里铁道

列车川流不息

汽笛和浪花一样欢腾

每一声笛鸣

都深爱广袤的大地

盖着厚厚的雪被

麦苗青青，鼾声如歌

碧玉手心紧紧攥着

那一粒粒衔着祝福的笛声

把清脆的嘹亮捂出了汗

任何一圈新的年轮

不会忘记八千里路云和月

"一带一路"栉风沐雨

被笛声镀亮的山川

面色红润，一草一木兴高采烈

站在崭新的起点

迎着雪花去买一张车票
用笛声祝福远方
黄沙珍藏千年的驼铃
已张开了翅膀

夜深了，风还在赶路
车轮在钢轨上擦出火花
万籁俱寂看到了光
公路、山路、羊肠小道
横竖撇捺连着铁路
树一样生长
故乡就挂在树枝上
用笛声祝福亲人
守着月圆月缺的万家灯火
热泪盈眶

云霞早已看花了眼
千手观音伸出所有手指
也无法指认每个车站
一条条铁路比春笋长得还快
在青山绿水间架起了道道彩虹

高铁飞针走线，独具匠心

把祖国编成了一个大花篮

无论雪山之巅，还是大海岸边

每个车站都是盛开的花朵

用笛声祝福大地

立春、芒种、白露、霜降

所有的梦都听得见

风轻轻一碰就笑出了声

用汗水擦亮荣光

掌声，雷动得澎湃

舞步欢快到激昂

在祖国的怀抱

连一棵小草

都会伸出致敬的手臂

谁都知道十月第一天的阳光

有多么灿烂

我，一名普通的铁路职工

也想用结实的手掌

擦亮五星的光芒

朴素的情结

根植于幸福的成长

走在济郑高铁万滩黄河大桥上

秋夜的巡检沾着桂花的香气

和母亲河一起沐浴月光

思绪随着波浪辽阔

星光下，每一个橘黄色的安全帽

就是一朵摇曳的雏菊

每一件黄马甲

都是微笑在钢轨旁的野菊花

身前身后，金菊怒放

我和我的高铁

一起镶嵌在祖国的脊梁

每一声汽笛

都是谱写壮丽篇章的磅礴力量

我们，只有一片菊花的阳光

但在波澜壮阔的春夏秋冬

努力绽放璀璨的光芒

追着车轮一路奔跑

用汗水擦亮祖国的荣光

想一想，自豪就像鼓槌

又一次擂响了流汗的胸膛

就把这片盛开的金菊

献给祖国吧

这金黄的礼物，赤诚

这燃烧的祝福，滚烫

在宁西铁路与一枚党员徽章对视

朝霞起得很早

挥舞着金风的衣袖

送走了满天星斗，满怀虔诚

举起了十月十八日的太阳

瞬间，阳光就伸出有力的大手

把宁西铁路、桐柏山涂成了一片金黄

把我和一群安全帽握得温暖

把胸前的党员徽章照耀得格外幸福

我忍不住邀请桂花

和它一起绽放

低头，像一株熟透的向日葵

和这枚别在工作服上的党员徽章对视

胸前变成了波澜壮阔的舞台

十八座山峰高低错落，并肩耸立

一艘红船缓缓驶出，万众瞩目

《东方红》《春天的故事》《和谐家园》

歌声铿锵悠扬，此起彼落
忽然，整个舞台都屏气凝神
齐刷刷抬头仰视——
第十九座高峰亮起了灯塔
灯光璀璨，穿越高山雪峰
向阡陌森林投射力量
向苍穹湖泊投射梦想

一列火车呼啸而过
叫醒了我，火车的前方
那是必须致敬的方向
胸前的镰刀和锤头
锻打的金色项链
高挂在高铁的脖颈上
一匹白马正驮着满天自豪
在绿水之上飞翔
在高山之间歌唱

在七一，建一个春天的网站

把什么样的礼物献给您的生日

这样才能表达滚烫的心愿

在党旗前徘徊了很久

最后，我请大家和我一起

在七一，建一个春天的网站

不用选择

激情拥抱的镰刀和锤头

就是这个网站最亮的标志

从《义勇军进行曲》到《黄河大合唱》

从《春天的故事》到《梦圆中国》

网站的背景音乐

穿越沧桑　春风荡漾

有多少党员

就有多少点击春雨的鼠标

每一个党支部

都是一个春意盎然的键盘

看吧，动车组正扯着白云

在蔚蓝的天空设计春天的网页

嘉兴南湖的红船

就发来了第一个祝福

延安的宝塔彻夜未眠

一个劲为新农村点赞

长白山的红松和井冈山的毛竹

远隔千里成为网友

新常态是它们热聊的话题

来吧，赶快成为春天的一朵花

一片草或一棵树

在网站共同编写中国梦的程序

这是我们的礼物

这是最深情的祝福

徜徉在希望里的铁

轻舟早在猿声里走远

两岸眼睛一眨，高铁又飞过了万重山

崎岖山道步履蹒跚

并没有仰天长叹，"慢火车"

还像亲人一样陪在身边

拉着大山越走越远

一声鸡鸣，叫响一个村寨

一声笛鸣，就叫醒了连绵群山

"慢火车"刚拉开晨雾

大盘石、云彩岭、野三坡……

这一个个从泥土里拔出来的小站

就挤满了滴着露水的方言

要进城的土鸡蛋、野韭菜、水库鱼

一个比一个精神，黄瓜带着小黄花

山木耳还沾着一点苔藓

等竹篮子和柳条筐找到座位

满车厢都是毛茸茸的时光

羊群走向炊烟的时候

鞭子也把夕阳赶到了山口

"慢火车"由城而返，又听到了山歌

柳条筐和竹篮子在行李架上紧挨着

胸前的微信码一闪一闪

彼此分享着进城的喜悦

挤在车窗前的脸没有一丝倦意

藏在皱纹里的新消息越来越多

不停往外冒，一会儿

就把车厢变成了田间地头

隔着车窗，看着他们幸福相望的样子

那些站在坡顶的核桃和石榴

都禁不住握紧了拳头

山里的周末更为惬意

星星就在头顶，伸手可摘

假日的"慢火车"一身轻松

拉着五颜六色早早出发

行色匆匆的脚步开始信马由缰

焦灼的额头被山泉水洗得春意盎然

习惯疲惫的黄昏在峡谷转出了漩涡

时尚的篝火熊熊燃烧

朋友圈开始满山遍野点燃寂寞

每一张照片都是真诚的请柬

每一个点赞小手都是明天的朋友

7504 次、6437 次、6245 次……

都是走南闯北的"慢火车"

那棵站在半山腰的树

能一口气喊出一群兄弟姊妹

连羊肠小道都能叫出你的名字

"慢火车",徜徉在希望里的铁

你衔着十里春风,驮着万亩春雨

在万家灯火和半盏渔火之间

来回奔波,犁开了荒凉

耕耘着辽阔的梦想

你的根一直扎在大地深处

比道钉还执着的铁

——记栾川铁路扶贫干部李会周

大前年，刚刚草长莺飞
你听从一枚党员徽章的召唤
放下绵延千里的铁
扣响了栾川群山的门环

铁，在你身体里
旺盛生长了三十年
遇见庄稼，不用怎样打磨
就是锃亮的犁铧

初心展翅，铁路小镇的天
已为鹰腾出了无垠的空旷
挂在你脸上的微笑
唤醒了沟沟坎坎的心跳

你鞋上的黄泥巴，凝聚力很强

先是粘紧了张王李赵

又粘住了家长里短

一个夏天，就架起了不散的彩虹

夜深人静，你身披月光

踩疼了山路上的露珠

一行冒着热气的脚印，彻夜未眠

忙着，裁剪山村的黎明

匍匐的藤蔓遮挡着霞光

寂寞的房顶长满苍凉

比道钉还执着，你把脚扎进了山里

把手插进了土里

力量和信心，来自胸前的镰刀和铁锤

十指和十指扣在一起

根须就抱紧了大地

每棵玉米秆就跟着挺直脊梁

寒来暑往，又到风吹麦浪
村口的布谷鸟格外活跃
翻山越岭的雨
听见了村庄拔节的声音
石头上的风，想了一辈子
终于长出了翅膀

在王坪村

在王坪村，你还是铁的性格
每天，都要把对泥土的爱
高声朗读一遍
从头到尾默写十遍

火车头拉开了大山的帷幕
土鸡蛋、野蜂蜜、猕猴桃、鲜香菇
纷纷挤上了前台
磨坊、辘轳、石碾、桑杈
抖落经年的尘埃，它们的欢呼
给王坪村的脸庞
涂上了青春的红晕

随着你匆匆的步履
每一条路、每一棵树都虎虎生风
风，吹红了山茱萸的女儿心
吹散了野板栗的愁绪
吹开了农家宾馆的门窗

每扇门都扑棱着梦的翅膀
每个窗，都镶嵌着云霞和甜脆的笑声

在王坪村，面对一个个"老大难"
你从心里牵出了一根根"红线"
从此，山上和山下开始门当户对
山里和山外也一见钟情
你指挥着迎春花、桃花、油菜花、南瓜花
一路吹吹打打，从初一到十五
都喜气洋洋，越来越多的男人娶走了绿水
越来越多的女子嫁给了青山

爱在北乡

怀揣幸福的种子

和播种的激情

一起从中原铁道走来

再次走进栾川北乡

我们的名字向阳而生

只要喊一声："郑暖暖"

火车头、信号机、编组场……

都抢着答："到！"

青春的脚步一路雀跃

刚刚踏上伊河桥

南槽岭、三道岭就张开双臂

把我们搂进了怀里

村口一排杨树非常激动

掏出了一窝窝鸟鸣

美丽乡村、月季花海

还有铁路驿站

很多美好的事物

已先于我们抵达北乡

在街道上走慢一点

能听到村庄拔节的声音

秋风一路小跑

挨家串户播撒支教的消息

没等秋风歇脚

村里就涌来了一群孩子

停不下来，连蹦带跳

是山村孩子们独特的欢迎方式

缺了一颗门牙的小男孩

认出了去年的姐姐

拍红了手掌，重逢的喜悦

来自团徽和红领巾的约定

和月光一起备课

山里的月亮格外明亮

大得诱人，看一眼

就想爬到山顶

去抱一抱

夜一寸一寸深了

竹林，摇碎一地月光

送来足够的晚风

吹拂专心致志的脸颊

像调道岔一样聚精会神

比检修动车组还精益求精

月色笼罩的匠心

在一遍又一遍打磨

第一堂课的教案

此刻，犯困的键盘
打哈欠的手指
还有蟋蟀的叫声
都在期待
明天的彩霞满天

一个斑斓的春天

他来自高铁段

心里种了万亩花海

浑身上下，总是春意盎然

美丽乡村的墙上

他画的火车头能听见笛声

第二次来北乡支教

青春的年轮

刻满了闪光的词汇

在他面前，孩子们叽叽喳喳

像一群树上的小鸟

冒出来的话

比山里的泉水还多

第一次握住彩色的画笔

每个明亮的眼里

都装着一个斑斓的春天

白纸上的山很高，树很绿
花朵比窗外的更大更红
虽然勾勒的线条
在蹒跚学步
但都是万物应有的样子

一堂音乐课

当线路工、列车员、接触网工

在三尺讲台拿起粉笔

当电子琴、古筝、吉他

依次登台亮相

一堂绿水青山间的音乐课

就此开始，山里生长的学生

除了 5 岁到 14 岁的孩子

还有戏头的鸟语和花香

来自钢轨上的节奏

自带铿锵的旋律

调皮的栗子头

被嘹亮的汽笛牵引

张开嗓门就是冲锋号

害羞的小辫

越唱调门越高

追着蒸蒸日上的韵脚

音符像极了芝麻上的花朵

动感节拍点燃了希望

自信在生长

从一串银铃的笑

我们收获了

一束阳光照进梦想的快乐

孩子们的歌声

唱醉了路过的云朵

也荡漾着伊河的千年愿景

浪花欢腾，一路奔流

从伊河流进黄河，走向大海

不愿说出来的日子

半个月，欢歌笑语如线
串起了山中日月
捻着这些从陌生到熟悉的名字
每一个早晨、午后、黄昏、夜晚
都一闪一闪，发着光

8月31日，这一天
都在心里数来数去
谁也不愿说出来
笑声全藏在泪水里
在眼眶来回打转
小朋友拉钩的小拇指
锋利如刀，割疼了这个上午

挥手的时候
白云从叠翠的山岗飘来
跟在身后，爱和感动
在绿色里汹涌

我和我的诗

第一首诗

三十年了，诗的初心依旧。

回望来时路，我竟不知道最初写的是哪一首诗，也记不清写诗是从哪年哪月开始的，只记得发表的第一首诗。

起点，大约是 1994 年，在陇海线四等小站——站街。一个被煤场半包围的接触网工区，茶余饭后或夜深人静，我时常在纸上信手涂鸦，大多是读后感、"模仿秀"，句子长长短短有分行，是诗的样子。写得多了，就产生了把文字变成铅字的想法。于是，偷偷买来邮票，趁宿舍没人，在方格稿纸上一笔一划誊写诗行，寄给《中原铁道报》《辽宁青年》等报刊，试着给自己的作品找"婆家"。这个过程是静悄悄和羞答答的，害怕工区的师傅们说我："癞蛤蟆想吃天鹅肉"。

为了早日发表作品，我曾经坐一天火车到报社聆听编辑老师的指点。原洛阳铁路分局露天篮球场的水泥台阶上、洛阳站候车室的长条椅上、郑州站广场邮电局的椅子上都留下了我改稿子的身影。那时不知天高地厚，啥报啥刊都敢投稿，还给《人民日报》《诗刊》寄过几篇，还跑到《河南日报》社副刊部找到大编辑王怀让。这个著名的人民诗人热情接待了我，让我多读诗、多写诗，坚持下去。创作激情持续了半年多。近百封投稿信犹如石沉大海，杳无音信，就在内心的火苗快要熄灭时，邮递员送来了 1994 年 9 月 17 日的《巩义报》，我的第一首诗——《赏雪》发表了！"雪装满了眼睛 / 心是玉的世界 / 纷扬牵着我的思绪 / 游弋没有灰尘的天地 / 静静感受 / 洁的真谛"。看着短短六行诗印在报纸上，三十七个字和自己的名字第一次变成了铅字，兴奋的火焰顿时火光冲天，直烧得青春梦金光闪闪。就这样，拄着《赏雪》，跌跌撞撞走进了诗的原野。

随报纸还寄来了一张"壹元整"稿费汇款单，我把它当宝贝，没舍得到邮局取款，至今还夹在我的笔记本里，算是一个小小的里程碑吧。

第一个读者

妻子，是我的第一个读者。

不管是家里，还是在单位，我写好一首诗，都会让她先读，干过多个铁路岗位的她对铁路生活甚是了解，她的意见最中肯，最直接，从不拐弯抹角，稿子是否贴近生活在她那里直截了当。从最初的简单校对，到后来的"真知灼见"，不留情面地提建议，是名副其实的"家庭编辑"。她说这首诗写得不错，十有八九能发表。当然稿费也归她"专款专用"；她要是提了一堆毛病，稿子就得"动大手术"。

记得今年夏天，我熬了两个晚上，创作了《工具包装满了夜色》，自认为很满意，照例让她先审。"你这工具包也太新了吧？""天天在钢轨上工具包还能这么干净？""工具包和对讲机在一个肩上，不嫌碍事？"像训小孩一样，妻子连续三问，把我赶回了电脑前。我反复查看作业视频，体验现场生活，把工具包定位在"习惯在我的右肩行走江湖"，变成了"土里土气""弄了一身泥巴的孩子"。

作为我的第一个读者，妻子有三个幸福时刻：一是我虚心接受她的意见，这个过程有时很愉快，有时必须经历面红耳赤的争执，但只要"家庭编辑"发挥了作用，她会比我还开心；二是稿子发表了，晒在朋友圈，她像喜鹊一样，在评论区和闺蜜们"叽叽喳喳"，分享喜悦；三是到小区门卫处取编辑部寄来的样刊。"师傅，这是我们家的！"她一脸自豪。不过说真的，当我和爱人进出小区，门卫师傅总是主动打招呼，有时还敬礼。每每此时，爱人的脸都会笑成一朵花，这或许就是诗歌的魅力吧。

作为我的第一个读者，她也从当初梳着马尾的姑娘变成了看稿子都要戴上老花镜的退休职工，我的诗歌也从单薄变得愈加厚重。一路走来，诗歌记录着我们的幸福生活，给平淡日子带来了文化气息，给周末平添了馥郁书香。

高铁，我的书房

一个诗人说过：跟着火车，就能找到春天。

春天，除了鸟语花香，春风浩荡，一定是有诗的。我的诗行大部分都是坐在高铁上写的。换句话说，高铁是我的第二个书房。

2020 年，我到高铁基础设施段后，工作在郑州，家在洛阳，两个城市间坐高铁 37 分钟，喝杯茶就到了。每天黎明，我，迎着晨曦，步行到洛阳龙门站；每天晚上，骑上电动车，吹着晚风，来到郑州东站；临窗坐上高铁，最惬意的事就是读诗写诗。我的手提包里不是《中国铁路文艺》，就是《诗刊》《星星》。或许是高铁文化的滋养沁润，或许是智能车厢的舒适静谧，或许是车窗上浪漫写意的雪花雨滴，或许是窗外瞬间变换的万紫千红……在时速 300 公里的车轮上，我的灵感就像泉眼，汨汨地冒。《火车就要拉回春天》《当辽阔壮美遇上雷霆万钧》《高铁，一路掀开了锦绣》等诗篇，都是在高铁上打的草稿。

灵感来了，稍纵即逝。为了留住灵感，我随身带笔，如果没有纸，只有在高铁上就地取材，从面前靠背上取一个清洁袋，在上面奋笔疾书，把一排座椅上的清洁袋写完了，就在手机上写，自己给自己发微信。倘若进入忘我状态，酣畅淋漓时，我常常边写边说，写写读读，用圆珠笔把一个个词汇刨出来，用声音把一句句妙语揪出来。每每此时，邻座的旅客会放下手机，用异样的眼光瞪着我，那目光里满是诧异；也有耐心的旅客，会多观察一会儿，给我竖个大拇指。

在高铁上除了写诗，我还坚持翻阅插在座椅靠背上的《人民铁道》报。养成这个习惯，既有工作的需要，更有期待和惊喜。2021 年 11 月 8 日，我在 G3153 列车上邂逅了《催人奋进的笛声是如此激越铿锵》；今年 7 月 1 日，在 G3161 次列车上，偶遇了《大山里的澎湃岁月》，都是在《人民铁道》报四版的《汽笛》上。G3161 次的列车员知道我是作者后，热情的脸上又多了几分尊敬。最难忘的是 2022 年 10 月 1 日，我在 G1812 上看到了《深情的祝福献给祖国》，发表在《汽笛》的显著位置。在国庆节看到自己献给祖国的礼物，整整齐齐插在每一个座椅的靠背上，插在一列列飞奔的复兴号上、和谐号上，我的眼角就一个劲向上扬，眼泪就不停往下淌。

人生的福利

作为一个诗歌的信仰者，诗歌让我聆听花开的声音，用一个个冒着热气的文字稀释我内心的惆怅；诗歌给我打开另一扇天窗，让我看到阳光明媚，令我在人群里发光；诗歌把我从谷底托起，帮我走出生活的沼泽，让我在孤独中豁然开朗。

1992 年 8 月，我从洛阳铁路运输技工学校毕业到陇海东线站街接触网工区上班，四等小站的寂寞使我的意志日渐消沉。忽然，一个生活的鞭炮炸响了——和我一个工区的张师傅写诗了。这个消息像春风吹绿了我的日子，从此，我走进了臧克家、贺敬之、王怀让的诗行，经常与灯为伴，抱笔而眠，投入感谢生活、讴歌劳动的文字创作中。诗，不经意间从门缝里挤进来，照亮了我的生活。心情好了，眼睛里就会开满花朵，就连一天只停两趟慢车的小站，在我心中也充满了诗情画意："导一个 / 聚散离合的小品 / 属于你的白

天 // 下一盘 / 五颜六色的跳棋 / 属于你的黑夜……"

1995 年的年底，我刚开始和妻子谈对象。因为我家在豫西农村，在沿线上班，洛阳又没有房子，当列车长的她承受着很大的压力，身边不少同事劝她找一个家在市里、工作在洛阳的，将来过日子会更幸福。当时，她跑的 164 次列车，来回 6 天 6 夜，非常辛苦，在离我 12 公里的巩义站停车 7 分钟，我经常风雨无阻步行到巩义站给她送饭，并给她写了一首首情诗。其中，《七分钟》最有代表性。"为了亲吻七分钟的每一秒 / 你在列车员的岗位上，昼思夜想 / 我，一个小镇上的接触网工 / 让十二公里每次在脚下，虎虎生风……七分钟还是颗红豆 / 被初恋种在站台上 / 在正点和晚点的精心呵护下 / 早已开花结果"。我的诗感动了妻子，也让她身边的同事对我刮目相看。两年后，我收获了甜蜜的爱情，和她携手走进了婚姻的殿堂。

2000 年以后，有很长一段时间，我离开了诗的原野，忙工作，忙家庭，忙孩子，忙房子……忙得我焦头烂额、浑身冒烟，感觉精神高地一片荒芜。在一个秋风习习的午后，白云把我提上了山坡，面对红彤彤的柿子、笑盈盈的酸枣、丰收的田野，沿着羊肠小道，我不知不觉又走上了诗的幽径："一声鞭响 / 羊蹄飞溅踢翻了秋色 / 也掀起了大地的外衣 / 我看见饱满的乳汁 / 就要撑破香甜 // 一颗颗、一嘟噜一嘟噜的幸福 / 已经沉甸甸 / 哦，我装了一兜秋天"。直到炊烟袅袅，夜幕降临，我才恋恋不舍走下山坡，感到诗又一次滋润了焦灼的心田，给青春涂了一层绿色。之后，我又成了诗的子民，在凡庸中发现诗情，在琐细中寻找灵感。于是，青灯黄卷也变得富有生命，化作诗的羽翼飞向蓝天白云；家长里短也显得意味深长，沉淀为诗的溪流涓涓流淌。

诗歌，在我的血脉里马蹄声声；诗歌，让我张开隐秘的翅膀。

诗歌，让我在风中的行走不会孤单；诗歌，让我头顶的天空辽阔而高远。

走在自己的路上

走自己的路，让别人去说吧——意大利诗人但丁的这句话大家都耳熟能详，但做起来却很难。

写诗，亦是如此。开始时，都是沿着别人的足迹，在模仿中蹒跚学步，没有自己的路。待丢掉拐杖，能独立行走，又患得患失，还要考虑社会的潮流、"自留地"的气候，两三年发表不了一篇作品的"寂寞沙洲冷"没有几个人能扛得住。

我有时想，一首诗若无新意，宁愿不写。世界鲜花盛开，不缺我这棵白菜。如果"为赋新词强说愁"，搜肠刮肚，挤出来的长诗必定是灰头土脸，憋出来的短句也是贫血缺钙，既没有露珠，也没有星辰。一首好诗，应该带有作者鲜明的生命气息，不论语言层面，还是人生经验层面，都应带有他的体温和心跳。好诗应该萌芽在激情的灵感，荡漾在奔放的河流，绽放在热泪盈眶的枝头，震颤在怦然心动的笔尖；那种令人心海澎湃、灵魂触电的诗句，都会让人耳目一新、过目难忘。这样的诗句光彩照人，香气诱人，气势逼人，很容易把作者和其他诗人区别开来。这样的诗人，都怀揣匠心，性格饱满，用自己的呼吸撑起诗篇，用自己的脚印开拓新的路径，看一眼就能认出他的背影，读两句就能叫出他的名字。

美国诗人杰克·吉尔伯特说，写诗并没有唯一正确的方式。对我而言，我只是走在自己的路上，坚持着一些东西，拒绝着一些东西，也警惕着一些东西。所幸的是，在一次次的自我否定后，诗歌让我成为了我。

这，是我孜孜以求的境界。昨天，走在自己的路上；今天，仍要坚持；明天，也不会后悔。

把诗变成歌

诗一直躺在纸上，终究显得苍白。诗要大声读出来，才更具感染力，更宜传播。诗如果变成歌，就更有生命力，更有意义。

我干了十二年接触网工，在被人戏称为"起得比鸡早、爬得比猴高、晒得比煤黑"的工作岗位，从怀疑到热爱，一路走来，多次用诗抒发情感："蝴蝶，蝴蝶／是会飞的花／火车，火车／是奔腾的马／抱电网弹琵琶／看我多潇洒……"这首《接触网工之歌》，谱曲之后，唱出了豪情，唱出了奉献，深受师傅们喜欢，在互联网上点击率早已超过 10 万次，曾被许多单位搬上联欢会的舞台。

2020 年，千里铁道上，复兴号南征北战呼啸沧桑，铁的基因在血管里慷慨激昂。职工们克服困难坚守岗位，到处都是饱含热泪的故事。"我是党员，我坚守！"一个个初心熠熠闪光；"我是突击队员，我先上！"冲锋的脚步一路铿锵；"我家里没事，春节不用休假。"朴素的表达，感动了旷野的月亮。当时，每一截钢轨目送飞驰的车轮奔赴疆场，纷纷摩拳擦掌；每一米接触网听着响彻云霄的誓言，都申请出征。在激情燃烧的背景下，我创作了《胜利的号角》："挂在你脸上的微笑／唤醒我同频的心跳／抬头仰望明月在树梢／风起云涌自豪与骄傲／高铁沧桑呼啸／大河两岸澎湃铁流波涛……千里铁道战旗飘飘／我们吹响胜利的号角"。这首诗写成后，段工会联系音乐工作室连夜谱曲，由两名职工在段运动会开幕式上演唱后，许多人流下了激动的眼泪，都说这首歌唱到了心坎儿上，是激励高铁将士向险而行、勇往直前的战歌。

加法和减法

有人说：生命是一个等式，我们无时不在做着加法和减法，加加减减使它富有变化。我认为写诗也是这样，开始时只能写几行、凑几行，经过阅读修炼，慢慢能写三五十行，洋洋洒洒，写一首言犹未尽，再写几首，搞个"外 N 首"或组诗。写着写着，反而感到诗又太长了，让人看着费劲，不够精练，就又开始做减法，反复吟咏，捻断胡须，绞尽脑汁，给诗减肥瘦身。

这个从加到减的过程逐渐让我明白，写诗需要加法，更需要减法：做加法是积累，是丰富，是储备；做减法是删繁就简，是精益求精，是擦亮匠心。加法和减法都是走向成熟。除了写诗，出版诗集，我也有同感。

上一本诗集《放牧青春》有四辑，名字分别是《思绪的波浪》《故乡的词典》《歌唱的光芒》《铁路的交响》，收录了88首诗，涵盖了乡土诗、铁路诗、抒情诗、朗诵诗等11年间创作的所有诗篇，有一半是没有发表的作品，为了凑够页码，还临时创作了3首。那时，为了让书厚一点，在别人眼里像本诗集，而不是小册子，有虚荣心作祟，认为拾到篮里都是菜，一直在做加法。待到诗集出版，发现一些诗有点滥竽充数，留下了伤疤，长在《放牧青春》上，无法愈合。

筹印这本《汽笛无疆》，我坚持做减法。最初准备了146首诗，其中，130首是在《天津诗人》《河南文学》《中国铁路文艺》《奔流》《牡丹》《人民铁道》《中原铁道报》等报刊发表过的，挑来拣去，留下了约80首发表过的铁路诗，把它们安排在《钢轨的光芒》《车轮的梦想》《汽笛的壮歌》3节"车厢"里。删减的过程，像割身上的肉。每一首诗，都是自己烹文煮字、熬夜费神养大的孩子，但为了少留遗憾，让读者满意，经得起时光淘洗，只能忍痛割爱，把一首首诗从"车厢"里拣下来。

自留地

中国铁路作家协会原主席王雄对作家的自留地有着独到的论述，我看了难忘，在笔记本上抄了一段：所谓作家自留地，即作家自己的写作时空，自己的创作特色，自己的文字乐园；这是一块属于作家自己的沃土，在这块土地上，你可以种试验田，也可以种大路货，可以是一阵子，也可以是一辈子。

铁路培养了我，养育了我，让我从一个农村放牛娃成长为一个共产党员，一个中层干部。我在铁路成家立业，爱人在铁路上班，孩子在铁路学校上学，铁路给了我房子，给了我一个温暖幸福的家。因此，对铁路始终怀有一颗感恩的心，从诗集《放牧青春》开始，我就反复描绘铁路的一轨一枕、一草一木、一桥一站、一人一物。可以说，铁路既是我的精神原乡，也是我耕耘文字的自留地。

多年来，我以笔为犁，把键盘当镰刀，在这块肥沃的自留地上点瓜种豆、插秧栽苗，乐此不疲，累并快乐着。面对集中修、防洪抢险、抗击冰雪灾害等激情燃烧的场面，我的精神原乡人欢马叫、鸟语花香、诗情澎湃。在我眼中，每个区间都生长着葳蕤的诗行，每根接触网支柱都爬满了诗的青藤，每个站场都是诗的富矿。

在这块自留地上，"小诗一首"是点种在路堑边坡上的瓜果，"外一首"是套种在枕木间的秧苗，"组诗"是用心耕种在钢轨田垄上的庄稼，我是荷锄的农夫，让瓜果飘香、秧苗苗壮、庄稼丰收，是我义不容辞的责任。

宋小勇

2024 年 11 月